Von Agatha Christie sind erschienen:

Das Agatha Christie Lesebuch
Alibi
Alter schützt vor Scharfsinn nicht
Auch Pünktlichkeit kann töten
Auf doppelter Spur
Der ballspielende Hund
Bertrams Hotel
Der blaue Expreß
Blausäure
Das Böse unter der Sonne oder
Rätsel um Arlena
Die Büchse der Pandora
Der Dienstagabend-Klub
Ein diplomatischer Zwischenfall
Dreizehn bei Tisch
Elefanten vergessen nicht
Die ersten Arbeiten des Herkules
Das Eulenhaus
Das fahle Pferd
Fata Morgana
Das fehlende Glied in der Kette
Ein gefährlicher Gegner
Das Geheimnis der Goldmine
Das Geheimnis der Schnallenschuhe
Das Geheimnis von Sittaford
Die großen Vier
Das Haus an der Düne
Hercule Poirots größte Trümpfe
Hercule Poirot schläft nie
Hercule Poirots Weihnachten
Karibische Affäre
Die Katze im Taubenschlag
Die Kleptomanin
Das krumme Haus
Kurz vor Mitternacht
Lauter reizende alte Damen
Der letzte Joker
Die letzten Arbeiten des Herkules
Der Mann im braunen Anzug
Die Mausefalle und andere Fallen
Die Memoiren des Grafen
Mit offenen Karten
Mörderblumen
Mördergarn
Die Mörder-Maschen
Mord auf dem Golfplatz
Mord im Orientexpreß
Mord im Pfarrhaus
Mord im Spiegel
oder Dummheit ist gefährlich
Mord in Mesopotamien
Mord nach Maß
Ein Mord wird angekündigt
Die Morde des Herrn ABC
Morphium
Nikotin
Poirot rechnet ab
Rächende Geister
Rotkäppchen und der böse Wolf
Ruhe unsanft
Die Schattenhand
Das Schicksal in Person
Schneewittchen-Party
Ein Schritt ins Leere
16 Uhr 50 ab Paddington
Der seltsame Mr. Quin
Sie kamen nach Bagdad
Das Sterben in Wychwood
Der Tod auf dem Nil
Tod in den Wolken
Der Tod wartet
Der Todeswirbel
Tödlicher Irrtum
oder Feuerprobe der Unschuld
Die Tote in der Bibliothek
Der Unfall und andere Fälle
Der unheimliche Weg
Das unvollendete Bildnis
Die vergeßliche Mörderin
Vier Frauen und ein Mord
Vorhang
Der Wachsblumenstrauß
Wiedersehen mit Mrs. Oliver
Zehn kleine Negerlein
Zeugin der Anklage

Agatha Christie

Zeugin der Anklage
Der Prügelknabe

Scherz

Bern - München - Wien

Einzig berechtigte Übertragung aus dem Englischen
Titel des Originals: »Witness for the Prosecution/The Under Dog«
Schutzumschlag von Heinz Looser
Foto: Thomas Cugini

18. Auflage 1991, ISBN 3-502-51014-8

Gesamtherstellung: Ebner Ulm

Inhaltsverzeichnis

Zeugin der Anklage

1

«So war die Geschichte, Herr Rechtsanwalt», schloß der gutaussehende junge Mann im schäbigen Tweedanzug seinen etwas aufgeregten Bericht. «Was soll man da nur machen?»
«Es ist wohl mit Sicherheit anzunehmen, daß die Polizei Sie verhaften wird, Mr. Vole, und da brauchen Sie einen Barrister*, der Sie vor Gericht verteidigt. Ich werde mich gleich mal mit meinem Kollegen in Verbindung setzen.»
Der Anwalt zog das Telefon zu sich heran und wählte eine Nummer.
«Mayhew von der Firma Mayhew und Brinskill am Apparat. Ich möchte gern mit Sir Wilfrid Robarts sprechen ... Wilfrid? Hier ist John. Ich habe da einen Klienten, dessen Fall dich bestimmt interessieren wird ... Ja, ich weiß, daß du viel zu tun hast, aber es ist sehr dringend ... Schön, wann könnten wir zu einer Besprechung kommen? ... Gut, wir werden pünktlich da sein.»
Er legte den Hörer auf und wandte sich an den jungen Mann. «Also, Sir Wilfrid Robarts erwartet uns um fünf Uhr. Da sein Büro im Temple** ist, treffen wir uns am besten dort in der Halle.»
Leonard Vole erhob sich, und der Rechtsanwalt begleitete ihn bis zur Tür.
Eine müde Oktobersonne warf ihren wässerigen Schein auf die regennassen Straßen, als Leonard Vole in die Fleet Street – das Reich der Presse und des Gesetzes – einbog. Sobald er in die Halle des Temple trat, fühlte er sich um ein paar Jahrhunderte zurückversetzt. Draußen der dröhnende Verkehr der Gegenwart – drinnen die mittelalterliche Atmosphäre der dämmerigen Halle, über deren riesige Steinquader Gestalten in

* Rechtsanwalt bei den höheren englischen Gerichten.
** Sitz zweier Rechtskollegien.

schwarzen Roben, weißen Beffchen und grauen Perücken hin und her eilten. Leonard Vole wurde von einem leichten Schauder erfaßt bei dem Gedanken, daß vielleicht schon bald ein paar solcher schwarzer Gestalten um seinen Kopf miteinander debattieren würden. Er hatte jedoch nicht viel Zeit, sich diesen Betrachtungen hinzugeben, denn er sah die hagere Gestalt seines Rechtsanwaltes auf sich zukommen, und wenige Minuten später betraten sie gemeinsam das Vorzimmer zu Sir Wilfrids Büro.

«Guten Tag, Mr. Mayhew», begrüßte der Bürovorsteher Carter den Anwalt, während die Stenotypistin Greta den beiden die Hüte abnahm und an die Haken hängte. «Sir Wilfrid muß jeden Augenblick kommen. Ich werde aber sofort zum Garderobenraum hinübergehen und sagen, daß Sie hier sind mit . . .»

«Mit Mr. Leonard Vole. Vielen Dank, Carter.»

«Vielleicht nehmen Sie inzwischen in Sir Wilfrids Büro Platz?» Damit führte er die Besucher in das innere Zimmer.

Mr. Mayhew setzte sich, während Leonard Vole unruhig auf und ab ging. Die Tür öffnete sich wieder. Greta erschien und bot ihnen eine Tasse Tee an, wobei sie Leonard Vole fasziniert betrachtete. Vole lächelte ihr freundlich zu und meinte, er sei einer Erfrischung nicht abgeneigt. Aber Mr. Mayhew fiel ihm schnell ins Wort und lehnte etwas schroff für beide ab, woraufhin Greta das Zimmer verließ, aber nicht, ohne Voles Lächeln zu erwidern.

«Wenn Sir Wilfrid kommt», wandte sich Mr. Mayhew an Vole, «möchte ich, daß Sie ihm die ganze Geschichte genauso erzählen, wie Sie sie mir erzählt haben.»

Der junge Mann versprach dies bereitwillig.

«Im Augenblick», fuhr Mr. Mayhew fort, «sind Sie also arbeitslos, nicht wahr?»

Vole wurde ziemlich verlegen. «Allerdings. Aber ich habe ein paar Pfund auf der Bank. Das ist ja nicht viel, doch vielleicht . . .»

Mr. Mayhew wehrte ab. «Oh, ich habe dabei nicht an — hm — mein Honorar gedacht. Es ist mir daran gelegen, ein klareres Bild von Ihren ganzen Verhältnissen zu bekommen. Wie lange sind Sie schon ohne Beschäftigung?»

«Seit einigen Monaten.»

«Und was haben Sie vordem gemacht?»
«Ich habe als Mechaniker in einer Autoreparaturwerkstatt gearbeitet.» Geduldig ließ Vole diese Fragen über sich ergehen.
«Wie lange waren Sie dort beschäftigt?» begann Mr. Mayhew von neuem.
«Etwa drei Monate.»
«Wurden Sie entlassen?» fragte Mr. Mayhew in etwas scharfem Ton.
«Nein, ich habe die Stelle selbst aufgegeben. Hatte mich mit dem Werkmeister in der Wolle. Ein richtiger Schw ... ich wollte sagen, ein ziemlich gemeiner Kerl, der immer auf einem herumhackte.»
«So, so. Und davor?»
«Da arbeitete ich in einer Tankstelle. Aber die Situation wurde etwas heikel, und so ging ich eben.»
«Heikel?» fragte Mr. Mayhew erstaunt. «Inwiefern?»
Vole errötete leicht. «Na, die Tochter meines Arbeitgebers war halt ein wenig – in mich verschossen. Sie war fast noch ein Kind, und es ist nichts Unerlaubtes zwischen uns vorgefallen. Aber der Alte bekam die Geschichte satt und hielt es für richtiger, daß ich ginge. Wir trennten uns ganz freundschaftlich, und er gab mir noch ein anständiges Zeugnis.»
Bevor Mr. Mayhew zu einer neuen Frage ausholen konnte, fuhr Vole grinsend fort: «Und davor habe ich Schaumbesen auf Provisionsbasis verkauft. Sie waren aber nichts wert. Hätte selbst einen besseren Schaumbesen erfinden können.»
Als er spürte, daß Mr. Mayhew auf seinen leichtfertigen Ton nicht einging, setzte er hinzu: «Sie denken sicher, ich bin ein unsteter Geselle, der zu nichts Ausdauer hat. In gewissem Sinne stimmt das auch. Aber ich war nicht immer so. Das Leben in der Armee und im Ausland hat mich aus dem Geleise gebracht. Ich war in Deutschland; da gefiel es mir. Dort habe ich auch meine Frau kennengelernt. Sie war Schauspielerin. Seit meiner Rückkehr nach England habe ich nicht so recht festen Fuß fassen können. Ich weiß nicht, was ich eigentlich will. Am liebsten arbeite ich an Automobilen und mache kleine Erfindungen dafür. Das ist interessant ...»
Weiter kam er mit seinen Offenbarungen nicht, denn in diesem Augenblick trat Sir Wilfrid Robarts ein, der seine Pe-

rücke in der Hand und seine Robe überm Arm trug. Carter, der ihm auf dem Fuße folgte, nahm beides an sich und half ihm, sich seiner übrigen amtlichen Kleidungsstücke – Anwaltsrock und Beffchen – zu entledigen. Sir Wilfrid eilte auf Mr. Mayhew zu und begrüßte ihn herzlich. Dieser stellte ihm Leonard Vole vor, und Sir Wilfrid bat den jungen Mann, Platz zu nehmen.

«Die Verhandlung hat etwas länger gedauert, als ich dachte. Lassen Sie uns rasch zur Sache kommen. Also, worum handelt es sich denn, Mr. Vole?»

«Meine Frau bildet sich steif und fest ein, daß man mich verhaften wird», stammelte Vole etwas verlegen. «Und da sie viel klüger ist als ich, mag sie vielleicht recht haben.»

«Weswegen sollte man Sie denn verhaften wollen?»

Vole zögerte einen Augenblick. «Wegen – wegen Mordes, Sir», brachte er schließlich stockend hervor.

Sir Wilfrid setzte sich auf die Kante seines Schreibtisches und blickte ihn fragend an. Mr. Mayhew zog eine Zeitung aus der Tasche und deutete auf einen Bericht. «Es handelt sich um den Fall von Miss Emily French, einer unverheirateten Dame, die mit einer älteren Haushälterin in Hampstead wohnte. Am Abend des 14. Oktober kehrte die Haushälterin in die Wohnung zurück und machte die Entdeckung, daß man anscheinend eingebrochen und ihre Herrin durch einen Schlag auf den Hinterkopf getötet hatte.»

«Und was haben Sie damit zu tun?» fragte Sir Wilfrid den jungen Mann.

«Ich war gerade an dem Abend bei ihr gewesen, und am nächsten Tage las ich in der Zeitung, daß die Polizei gern mit einem gewissen Leonard Vole sprechen möchte, da er ihnen ihrer Ansicht nach nützliche Auskunft geben könne. Ich ging natürlich sofort zur Wache, wo man eine ganze Reihe von Fragen an mich stellte.»

Sir Wilfrid unterbrach ihn scharf: «Hat man die übliche Warnung ausgesprochen?»

«Ich weiß nicht so recht. Sie haben mich gefragt, ob ich eine Aussage machen wolle. Die würden sie dann schriftlich niederlegen und bei einer eventuellen Verhandlung gebrauchen. Nennt man das eine Warnung?»

Sir Wilfrid tauschte einen bedeutungsvollen Blick mit Mr. Mayhew aus und seufzte. «Das war nicht gut. Aber es läßt sich nun nicht mehr ändern.»

«Ich habe ihnen alles gesagt, was ich wußte, und sie waren sehr höflich zu mir, die Herren Kriminalbeamten. Schienen auch mit meiner Aussage zufrieden zu sein. Als ich dann nach Hause kam und Romaine – das ist meine Frau – davon erzählte, bekam sie es mit der Angst zu tun. Sie redete sich ein, die Polizei stehe im Glauben, daß – daß *ich* der Täter sei. Und da hielt ich es für richtiger, einen Anwalt zu konsultieren. So kam ich zu Ihnen, Mr. Mayhew. Ich dachte, Sie könnten mir vielleicht einen Rat geben. Ich kann mir gar nicht vorstellen, daß mir so etwas passieren soll. Es kommt mir vor wie ein böser Traum, aus dem ich bald aufwachen muß. Das Ganze ist so lächerlich.»

«Lächerlich, Mr. Vole?» fragte Mr. Mayhew mit einiger Schärfe.

«Nun ja. Ich meine, ich bin immer sehr friedliebend gewesen – komme mit allen gut aus. Ich meine, ich bin kein Mensch, der – gewalttätig wird. Aber es wird doch wohl alles gut ausgehen, nicht wahr?» Dabei blickte er mit ängstlicher Miene von einem zum anderen.

Die Rechtsanwälte gingen nicht weiter darauf ein. Statt dessen fragte ihn Sir Wilfrid, ob er Miss French gut gekannt habe.

«O ja», antwortete Vole. «Sie war immer sehr nett zu mir. Manchmal wurde es mir allerdings etwas lästig. Sie machte meinetwegen viel zu viel Umstände. Aber sie meinte es gut, und als ich in der Zeitung las, daß sie ermordet worden sei, war ich ganz erschüttert; ich mochte sie nämlich sehr gern.»

Mr. Mayhew bat ihn dann, Sir Wilfrid doch zu erzählen, wie er ihre Bekanntschaft gemacht hatte, und Vole wandte sich gehorsam an Sir Wilfrid:

«Ich ging eines Tages durch die Oxford Street und beobachtete, wie eine alte Dame den Fahrdamm überquerte und mitten auf der Straße die unzähligen Pakete, mit denen sie beladen war, hinfallen ließ. Als sie sich bückte, um sie aufzuheben, rollte ein großer Omnibus in rasendem Tempo auf sie zu. Mit knapper Not gelang es ihr, den Bürgersteig zu erreichen. Na, ich habe dann die Pakete von der Straße aufgelesen und die alte Dame beruhigt. Sie wissen ja, wie das so ist.»

«Und war sie sehr froh darüber?» fragte Sir Wilfrid.
«O ja, sie floß über vor Dankbarkeit. Man konnte meinen, ich hätte ihr das Leben gerettet und nicht nur ein paar lumpige Pakete.»
«Und Sie haben ihr tatsächlich nicht das Leben gerettet?»
«O nein. Es war durchaus nichts Heroisches. Ich hatte überhaupt nicht angenommen, daß ich sie je wiedersehen würde.»
Sir Wilfrid, auf den diese schlichte Erzählung offenbar einen guten Eindruck machte, war inzwischen aufgestanden und hatte aus einer Schreibtischschublade ein Päckchen Zigaretten genommen. Er bot Vole eine an, der jedoch ablehnte, da er Nichtraucher sei.
«Zufällig», fuhr Vole fort, «saß ich zwei Tage später hinter ihr im Theater. Sie blickte sich um, erkannte mich, und wir kamen ins Gespräch. Schließlich lud sie mich ein, sie doch einmal zu besuchen. Sie drängte mich sehr, gleich einen Tag auszumachen. Und da es unhöflich schien, die Einladung abzulehnen, schlug ich den folgenden Sonnabend vor.»
«Sie haben sie dann in ihrem Hause in Hampstead aufgesucht, wo sie mit ihrer Haushälterin allein lebte, nicht wahr?»
«Ja. Außerdem hatte sie noch acht Katzen. Acht Stück! Das Haus war wunderschön möbliert. Aber es roch ein bißchen zu sehr nach Katzen.»
«Wußten Sie, daß Miss French reich war?»
«Nach ihren Reden zu urteilen, mußte sie ziemlich wohlhabend sein.»
Sir Wilfrid sah ihn forschend an. «Und wie steht's mit Ihren pekuniären Verhältnissen?»
«Oh», erwiderte Vole in heiterem Ton, «bei mir ist Ebbe in der Kasse. Schon lange.»
«Das ist ja eine dumme Geschichte.»
«Ja, nicht wahr? Ach so, Sie meinen wohl, man wird sagen, ich sei ein Speichellecker und hinter ihrem Gelde hergewesen?»
Der Verdacht, den Sir Wilfrid geschöpft hatte, wurde durch diese offenherzige Frage ziemlich zerstreut. «Das ist vielleicht etwas kraß ausgedrückt. Doch so ähnlich werden die Leute wohl reden.»
«Aber das ist nicht wahr», beteuerte Vole leidenschaftlich. «Ganz bestimmt nicht. In Wirklichkeit tat sie mir leid. Sie

schien so einsam zu sein. Ich bin selbst bei einer alten Tante groß geworden, bei meiner Tante Betsy, und ich mag alte Damen gern.»

«Sie sprechen immer von alten Damen. Wissen Sie eigentlich, wie alt Miss French war?»

«Ich wußte es nicht, habe es aber nach dem Mord durch die Zeitungen erfahren. Sie war sechsundfünfzig.»

«Sechsundfünfzig. Sie nennen das alt. Aber ich möchte bezweifeln, daß Miss French sich für alt hielt.»

«Na, sie war jedenfalls kein Küken mehr.»

Sir Wilfrid runzelte die Stirn über diesen leichtfertigen Ton und setzte sich in seinen Schreibtischsessel. Nach einer Weile fuhr er fort:

«Sie haben Miss French also häufig besucht, nicht wahr?»

«Ja, etwa ein- bis zweimal in der Woche.»

«Haben Sie Ihre Frau bei diesen Besuchen mitgenommen?»

Diese Frage schien Vole peinlich zu sein. «Nein, das habe ich nicht getan.»

«Warum nicht?»

«Na — ehrlich gesagt, das hätte wohl nicht gut gepaßt.»

«Wem hätte das nicht gepaßt? Ihrer Frau oder Miss French?»

«Miss French . . .» Vole zögerte, und erst als Mr. Mayhew ihn ermunterte, fortzufahren, fügte er hinzu: «Sie war mir nämlich sehr zugetan.»

«Wollen Sie damit sagen, daß diese sechsundfünfzigjährige Frau in Sie, den Siebenundzwanzigjährigen, verliebt war?» fragte Sir Wilfrid erstaunt.

Vole wehrte ganz entsetzt ab. «Um Gottes willen, nein! Davon war nicht die Rede. Sie hat mich nur verwöhnt und verhätschelt, immer gut aufgetischt und dergleichen. Sie behandelte mich wie einen Lieblingsneffen.»

Sir Wilfrid überlegte eine Weile. «Sehen Sie mal, Mr. Vole, wenn es zu einer Verhandlung kommen sollte, wird man bestimmt fragen, warum Sie, ein gutaussehender, verheirateter junger Mann, einer älteren Dame, mit der Sie kaum etwas gemeinsam hatten, so viel Zeit widmeten.»

Vole gab dies ziemlich niedergeschlagen zu. «Ja, wie ich vorhin schon sagte, wird es heißen, ich sei hinter ihrem Geld hergewesen.» Mit gewinnender Offenheit setzte er hinzu: «Und in gewissem Sinne stimmt es ja vielleicht auch. Aber nur in einem gewissen Sinne.»

«Können Sie mir das etwas näher erklären?» fragte Sir Wilfrid, dem dieses Zugeständnis offenbar gefiel.

«Na, sie hat nie ein Geheimnis daraus gemacht, daß sie im Geld schwamm. Romaine und ich sind ziemlich knapp bei Kasse, und ich habe im stillen gehofft — das gebe ich unumwunden zu — daß Miss French mir mal Geld leihen würde, falls wirklich Not am Mann sei.»

«Haben Sie sie je um ein Darlehen gebeten oder Geld von ihr empfangen?»

«Nein, niemals. Unsere Lage war noch nicht so verzweifelt.»

Vole wurde auf einmal sehr nachdenklich. Der Ernst seiner Lage schien ihm zum Bewußtsein zu kommen. «Es sieht nicht gerade rosig für mich aus. Das sehe ich jetzt auch allmählich.»

«Wußte Miss French überhaupt, daß Sie verheiratet sind?» Sir Wilfrid ließ nicht locker.

«O ja.»

«Und hat sie niemals Ihre Frau von sich aus eingeladen?»

«Nein.» Vole wurde wieder ein wenig verlegen. «Sie — sie lebte in der Illusion, daß meine Frau und ich nicht gut miteinander auskämen.»

«Haben Sie absichtlich diesen Eindruck bei ihr erweckt?»

«Nein, ganz gewiß nicht. Aber ich dachte mir, sie würde das Interesse an mir verlieren, wenn ich Romaine zu sehr in den Vordergrund schöbe. Es lag mir zwar fern, sie anzubetteln. Aber ich hatte eine kleine Erfindung für Automobile gemacht, und ich dachte, ich könnte sie vielleicht dazu überreden, die Sache zu finanzieren. Ich habe aber nicht genassauert.»

Es trat eine Pause ein, und dann forderte Sir Wilfrid ihn auf, ihm etwas über die Haushälterin zu erzählen.

«Janet MacKenzie?» begann Leonard Vole. «Sie war ein regelrechter Drachen, das kann ich Ihnen versichern. Hat ihre Herrin nur so tyrannisiert. Sie hat ja gut für sie gesorgt. Aber in Janets Gegenwart durfte sich die arme Miss French nicht mucksen.» Er schwieg. Nach einer kleinen Pause setzte er nachdenklich hinzu: «Mich konnte Janet nicht ausstehen.»

«Warum nicht?» fragte Sir Wilfrid.

«Eifersucht, nehme ich an. Sie fürchtete wohl, daß ich sie von ihrem Platz bei der alten Dame verdrängen könnte. Dabei habe ich Miss French nur Gesellschaft geleistet und ihr bei den Steuererklärungen und Wertpapieren etwas geholfen. Sie füllte nämlich nicht gern Formulare aus.»

Sir Wilfrid blickte ihn prüfend an. «So, das haben Sie also auch gemacht? Mr. Vole, jetzt werde ich Ihnen eine schwerwiegende Frage stellen, und ich möchte eine ehrliche Antwort darauf haben. Es ging Ihnen doch finanziell schlecht, und Sie verwalteten die Vermögensangelegenheiten dieser Dame. Haben Sie da zu irgendeiner Zeit mal einige dieser Wertpapiere für sich selbst verwandt?»

Vole fuhr auf und war im Begriff, dies leidenschaftlich abzustreiten. Aber Sir Wilfrid brachte ihn durch eine Geste zum Schweigen.

«Nein, nein, warten Sie einen Augenblick, bevor Sie antworten, Mr. Vole. Es gibt nämlich zwei Verteidigungsmöglichkeiten für Sie. Entweder können wir auf Ihrer absoluten Rechtschaffenheit und Ehrlichkeit aufbauen, oder wir können – falls Sie die alte Dame doch betrogen haben – sagen, daß für Sie kein Grund vorlag, die Frau zu ermorden; denn Sie hätten ja die Gans getötet, die die goldenen Eier legte. Wie Sie sehen, hat jeder Standpunkt etwas für sich. Aber von Ihnen möchte ich die reine Wahrheit hören.»

«Ich versichere Ihnen hoch und heilig, Sir Wilfrid, daß ich kein unredliches Spiel getrieben habe, und niemand kann mir etwas Gegenteiliges nachweisen. So wahr ich hier stehe.»

Sir Wilfrid sah ihn durchdringend an. «Ich danke Ihnen, Mr. Vole. Das bedeutet für mich eine ungeheure Erleichterung, und ich mache Ihnen das Kompliment, daß ich Sie für viel zu intelligent halte, um in einer so wichtigen Sache zu lügen. Und nun kommen wir zum . . .»

«Vierzehnten Oktober», ergänzte Mr. Mayhew.

Sir Wilfrid erhob sich. «Hatte Miss French Sie für diesen Abend eingeladen, Mr. Vole?»

«Nein, das gerade nicht. Aber Janet MacKenzie hatte Ausgang, und ich wußte, daß Miss French dann allein war und sich einsam fühlte.»

«Es war Ihnen also bekannt, daß Janet MacKenzie nicht zu Hause war. Das ist nicht besonders günstig.»

«Wieso? Janet MacKenzie hatte freitags immer Ausgang, und da ist es doch ganz natürlich, daß ich diesen Abend wählte, um Miss French Gesellschaft zu leisten.»
Sir Wilfrid äußerte sich nicht weiter dazu, sondern bat Vole, ihm die Vorgänge des Abends zu schildern.
«Ich kam», berichtete Vole, «gegen ein Viertel vor acht bei Miss French an. Sie war gerade mit dem Essen fertig, und wir tranken noch eine Tasse Kaffee zusammen. Dann spielten wir Karten. Kurz vor neun Uhr verabschiedete ich mich von ihr. Da es ein schöner Abend war, ging ich zu Fuß und war kurz vor halb zehn zu Hause. Ich wohne in einem kleinen Haus in der Nähe des Bahnhofs Euston. Den Rest des Abends habe ich mit meiner Frau verbracht und bin nicht mehr ausgegangen. Das kann meine Frau bezeugen.»
Die beiden Rechtsanwälte tauschten wieder einen Blick aus, und Mr. Mayhew fragte: «Verstehen Sie sich gut mit Ihrer Frau?»
«O ja, wir sind außerordentlich glücklich verheiratet. Romaine ist wundervoll – einfach wundervoll . . .»
Sir Wilfrid unterbrach diese Lobeshymne mit der nüchternen Frage: «Hat Sie eigentlich irgend jemand nach Hause kommen sehen?»
«Nein, aber wozu denn auch? Meine Frau kann doch . . .»
«Leider ist die Aussage einer liebenden Ehefrau allein nicht völlig überzeugend», fiel ihm Sir Wilfrid ins Wort.
«Oh, glaubt man etwa, meine Frau würde meinetwegen lügen?»
«Das soll schon vorgekommen sein, Mr. Vole», bemerkte Sir Wilfrid trocken.
«Aber das ist doch in diesem Fall gar nicht nötig. Es verhält sich tatsächlich alles so, wie ich es geschildert habe. Sie glauben mir doch, Sir Wilfrid, nicht wahr?»
«Ja, ich glaube Ihnen schon. Doch müssen Sie nicht mich überzeugen, sondern die Geschworenen.»
«Aber mein Gott, warum hätte ich denn wohl Miss French töten sollen?»
Während diese Frage noch durch den Raum schwebte, klopfte es an die Tür, und Greta erschien mit der Abendzeitung. Sie legte das Blatt vor Sir Wilfrid auf den Tisch und wies dabei

auf einen angestrichenen Paragraphen hin. Dann zog sie sich wieder zurück. Die beiden Rechtsanwälte beugten sich über die Zeitung und lasen die Stelle. Nach einer Weile richtete sich Sir Wilfrid auf.
«Hier wäre schon ein ganz ausreichendes Motiv. Miss French hat Ihnen nämlich ihr ganzes Vermögen vermacht.»
Vole schien wie vom Donner gerührt. «Mir? Ihr ganzes Vermögen? Das ist wohl ein Scherz.»
«Es ist kein Scherz, Mr. Vole. Es steht hier schwarz auf weiß. Sie können sich selbst davon überzeugen.»
Mit diesen Worten reichte er Vole das Abendblatt hin. «Haben Sie nichts davon gewußt?»
«Gar nichts. Ich bin ihr natürlich sehr dankbar. Aber unter diesen Umständen wollte ich, sie hätte es nicht getan. Jetzt sieht die Sache ziemlich finster für mich aus, nicht wahr? Mein Gott, werden sie mich nun wohl verhaften?»
«Damit müssen Sie wahrscheinlich rechnen», entgegnete Sir Wilfrid.
Vole stand ganz verwirrt auf. «Sie – Sie werden doch alles für mich tun, was Sie können, nicht wahr, Sir?»
Sir Wilfrid ging auf ihn zu und sprach beruhigend auf ihn ein. «Machen Sie sich darüber keine Gedanken. Ich werde alles tun, was in meinen Kräften steht. Lassen Sie das nur meine Sorge sein.»
«Mein Gott, ich kann es noch gar nicht fassen. Ich kann es einfach nicht glauben, daß ich, Leonard Vole, auf der Anklagebank sitzen und des Mordes bezichtigt werden soll.»
Er schüttelte sich, als erwache er aus einem bösen Traum. Dann wandte er sich an Mr. Mayhew: «Ich verstehe nicht, warum die Polizei nicht glaubt, es sei ein Einbrecher gewesen. Das Fenster war doch eingeschlagen und alles durcheinandergewühlt – so stand es jedenfalls in den Zeitungen.»
Die Rechtsanwälte schwiegen. Nach dem letzten Bericht zu urteilen, schien die Polizei ganz und gar nicht der Ansicht zu sein, daß es sich um einen Einbruch handle.

In diesem Augenblick kam es zu einer neuen Unterbrechung. Der Bürovorsteher erschien und meldete Sir Wilfrid, daß zwei Herren draußen warteten, die Mr. Vole zu sprechen wünschten.

Als Sir Wilfrid mit Carter hinausging, um mit den Herren zu reden, fragte Vole ängstlich:
«Ist es nun soweit?»
Mr. Mayhew klopfte ihm beruhigend auf die Schulter und riet ihm, keine weiteren Aussagen zu machen.
«Wie wußten sie denn nur, daß ich hier bin?»
«Man hat Sie wahrscheinlich beschatten lassen.»
«Dann», meinte Vole ganz ungläubig, «haben sie mich also wirklich in Verdacht?»
Ehe Mr. Mayhew antworten konnte, kam Sir Wilfrid mit einem Inspektor von Scotland Yard und noch einem Detektivbeamten wieder ins Zimmer. Der Inspektor entschuldigte sich wegen der Störung und ging sofort auf Vole zu.
«Heißen Sie Leonard Vole?»
«Ja.»
«Ich bin Polizeiinspektor Hearne und habe einen Haftbefehl gegen Sie wegen des am 14. Oktober an Emily French verübten Mordes. Ich muß Sie warnen, daß alles, was Sie sagen, aufgeschrieben wird und gegen Sie verwandt werden kann.»
Vole warf einen nervösen Blick auf Sir Wilfrid und verließ mit den Polizeibeamten das Zimmer.

Sobald Sir Wilfrid die Tür hinter ihnen zugemacht hatte, erklärte er:
«Ich muß schon sagen, John, der junge Mann befindet sich in einer viel schlimmeren Lage, als er selbst anzunehmen scheint.»
«Das stimmt», pflichtete ihm Mr. Mayhew bei. «Was für einen Eindruck hat er auf dich gemacht?»
«Er scheint außerordentlich naiv zu sein. Und doch in gewisser Hinsicht ganz gerieben. Intelligent, möchte ich wohl sagen. Aber er ist sich ganz bestimmt nicht der Gefahr bewußt, in der er schwebt.»
«Glaubst du, daß er es getan hat?»
«Keine Ahnung. Im großen und ganzen möchte ich wohl sagen, nein.» In schärferem Ton fügte er hinzu: «Bist du auch der Ansicht?»
«Ja», antwortete Mr. Mayhew, «das ist auch meine Meinung.»
Sir Wilfrid bot Mr. Mayhew die Tabaksdose an. Der nahm sie mit zum Schreibtisch und stopfte sich seine Pfeife.

«Na ja», meinte Sir Wilfrid, «er hat anscheinend einen guten Eindruck bei uns beiden hinterlassen. Warum, weiß ich nicht. Eine so fadenscheinige Geschichte ist mir noch nicht vorgekommen. Weiß der Himmel, was wir damit anfangen sollen! Die einzige Aussage zu seinen Gunsten könnte von seiner Frau kommen – und wer wird schon einer Ehefrau glauben? Dazu ist sie noch eine Ausländerin. Neun der zwölf Geschworenen glauben von vornherein, daß jeder Ausländer ein Lügner ist. Außerdem wird sie vollständig aufgelöst sein und überhaupt nicht verstehen, was der Staatsanwalt zu ihr sagt. Immerhin, wir werden wohl mit ihr reden müssen. Ich kann dir aber jetzt schon sagen, sie wird hier einen hysterischen Anfall nach dem anderen bekommen.»

«Vielleicht möchtest du den Fall lieber nicht übernehmen?»

«Davon ist nicht die Rede gewesen. Ich habe nur darauf hingewiesen, daß der junge Mann uns eine unmögliche Geschichte aufgetischt hat.»

«Aber eine wahre», behauptete Mr. Mayhew und gab Sir Wilfrid die Tabaksdose zurück, während er nach Streichhölzern Umschau hielt.

«Sie muß wahr sein», stimmte Sir Wilfrid zu und reichte Mr. Mayhew eine Zündholzschachtel. «Sonst könnte sie nicht so idiotisch sein. Alle Tatsachen sprechen ja gegen ihn. Und doch könnte man sich vorstellen, daß alles so passiert ist, wie er es geschildert hat. Verdammt nochmal, ich hatte selbst eine Tante Betsy, die ich zärtlich liebte.»

Mr. Mayhew entdeckte, daß die Schachtel leer war, und warf sie in den Papierkorb. «Er hat eine sehr sympathische Art.»

«Ja, er müßte eigentlich ein leichtes Spiel mit den Geschworenen haben, wenn er auch beim Richter keinen Blumentopf mit seinem Wesen gewinnen kann. Aber er ist der Typ, der sich auf dem Zeugenstand leicht ins Bockshorn jagen läßt. Es hängt eben sehr viel von seiner Frau ab.»

Es klopfte an die Tür, und Greta trat ziemlich aufgeregt ins Zimmer.

«Na, Greta, was ist denn los?»

«Mrs. Vole ist hier», erwiderte die Sekretärin im Flüsterton.

Während Mr. Mayhew ganz erstaunt den Namen wiederholte, winkte Sir Wilfrid Greta zu sich und sagte:

«Der junge Mann, den Sie hier sahen, ist soeben wegen Mordes verhaftet worden. Glauben Sie, daß er der Täter ist?»
«O nein, Sir, auf keinen Fall.»
«Warum nicht?»
«Weil er viel zu nett ist.»
«Das ist also die Dritte im Bunde», sagte Sir Wilfrid zu Mr. Mayhew und forderte Greta auf, Mrs. Vole ins Zimmer zu führen. «Wahrscheinlich sind wir drei leichtgläubige Narren, die sich von einem sympathischen jungen Mann einwickeln lassen.»

In diesem Augenblick trat eine etwa fünfunddreißigjährige Frau mit kastanienbraunem Haar und schiefergrauen Augen sehr ruhig und gelassen ins Zimmer. Mr. Mayhew stellte sich und seinen Kollegen vor und ging mit teilnahmsvoller Miene auf sie zu, erhielt jedoch eine leichte Abfuhr.
«Sie sind also Mr. Mayhew», sagte Romaine Vole, und in ihrer dunklen Stimme schwang ein leiser ironischer Unterton mit. «Man hat mir in Ihrem Büro gesagt, daß ich Sie hier mit meinem Mann vorfinden würde. Aber wenn ich mich nicht irre, habe ich soeben meinen Mann unten in einen Wagen steigen sehen, und zwar in Begleitung von zwei Herren.»
«Nun, meine liebe Mrs. Vole», legte sich hier Sir Wilfrid ins Mittel, «Sie dürfen sich nicht aufregen.» Er hielt jedoch betroffen inne, als er merkte, daß Mrs. Vole die Ruhe selber war, und fuhr etwas verlegen fort: «Wollen Sie nicht Platz nehmen?»
Mrs. Vole setzte sich in den Sessel, den Sir Wilfrid ihr zurechtrückte, und Sir Wilfrid begann von neuem:
«Es liegt durchaus kein Grund zur Beunruhigung vor, und Sie dürfen den Mut nicht sinken lassen.»
«O nein, das werde ich auch nicht tun», erwiderte Mrs. Vole nach einer kleinen Pause.
«Dann kann ich es Ihnen ja ruhig sagen: Ihr Mann ist soeben verhaftet worden.»
«Wegen des Mordes an Miss Emily French?»
«Ja, leider. Aber bitte regen Sie sich nicht auf.»
«Sie sagen mir das dauernd, Sir Wilfrid, dabei bin ich doch ganz ruhig.»

«Ja. Ich sehe, Sie sind sehr tapfer.»
«Wenn es Ihnen Spaß macht, können Sie es so nennen.»
«Vor allen Dingen muß man die Ruhe bewahren und mit Vernunft an die Sache herangehen.»
«Das soll mir recht sein. Aber Sie dürfen mir nichts verheimlichen, Sir Wilfrid. Sie brauchen mich nicht zu schonen. Ich will alles wissen.» Ihre Stimme nahm eine andere Klangfarbe an, als sie hinzusetzte: «Ich möchte auch — das Schlimmste wissen.»
Erleichtert über ihre sachliche Einstellung, begann Sir Wilfrid sie über das Verhältnis ihres Mannes zu Miss French auszuholen. Sie parierte seine Fragen mit großem Geschick und brachte ihn öfters in Verlegenheit. Als er schließlich aus ihrem eigenen Munde vernahm, daß sie diese merkwürdige Freundschaft nicht gestört habe, erklärte er begeistert:
«Ich bewundere Ihre Haltung, Mrs. Vole, besonders da ich weiß, wie sehr Sie Ihren Mann lieben.»
«So, Sie wissen, wie sehr ich meinen Mann liebe?» Sie lächelte ihn an. «Darf ich fragen, woher Sie das wissen?»
«Ihr Mann hat es mir verraten. Er sprach von Ihrer Liebe in Worten, die mich wirklich bewegt haben.»
Es entstand eine kleine Pause. «Männer», sagte Mrs. Vole lakonisch, «sind mitunter sehr einfältig.»
Sir Wilfrid zog erstaunt die Augenbrauen hoch. «Wie bitte?»
«Es ist belanglos, Sir Wilfrid. Fahren Sie bitte fort.»
Sir Wilfrid erhob sich und kam auf das Testament zu sprechen.
«Kurz nachdem Miss French Ihrem Mann begegnete, hat sie ein neues Testament gemacht, in dem sie, abgesehen von kleineren Vermächtnissen, Ihrem Mann ihr ganzes Vermögen hinterlassen hat.»
«Ja.»
«Das wissen Sie?» fragte Sir Wilfrid höchst erstaunt.
«Ich habe es in der Abendausgabe gelesen.»
«Ach so. Aber vorher hatten Sie keine Ahnung davon, wie? Ihr Mann doch wohl auch nicht?»
Wiederum schien sie mit der Antwort zu zögern.
«Hat er Ihnen das gesagt, Sir Wilfrid?»
«Ja. Wollen Sie etwa das Gegenteil behaupten?»
«Nein, o nein. Ich will gar nichts behaupten.»

Sir Wilfrid nahm wieder an seinem Schreibtisch Platz. «Mrs. Vole, es scheint kein Zweifel zu bestehen, daß Miss French Ihren Mann wie einen Sohn oder einen Lieblingsneffen betrachtete.»

«Meinen Sie das wirklich?» Die Ironie in ihrer Stimme war unverkennbar und brachte Sir Wilfrid in eine gewisse Verlegenheit. Um so heftiger verteidigte er diese Ansicht.

«Ja. Das ist meine Meinung. Ganz entschieden. Das könnte unter den Umständen auch als ganz natürlich und normal gelten.»

«Was für Heuchler sind Sie doch in diesem Lande!» platzte Mrs. Vole heraus.

Mr. Mayhew ließ sich vor Entsetzen in den nächsten Sessel fallen, während Sir Wilfrid sich bemühte, der Sache die Spitze abzubiegen:

«Nun, meine liebe Mrs. Vole, Sie vertreten natürlich in diesen Dingen einen kontinentalen Standpunkt. Aber glauben Sie mir, es wäre im höchsten Grade unklug, den Eindruck zu erwecken, als habe Miss French für Ihren Mann andere – hm – Gefühle gehabt als die einer – Mutter oder – sagen wir mal – einer Tante.»

«O ja, wenn Ihnen das besser paßt, sagen wir ruhig – Tante.»

«Man muß nämlich bei all diesen Dingen immer daran denken, was für eine Wirkung sie auf die Geschworenen haben.»

«Darüber habe ich ziemlich viel nachgedacht.»

«Ganz recht, Mrs. Vole. Wir müssen Hand in Hand arbeiten. Nun kommen wir zum Abend des vierzehnten Oktober. Das war vor einer Woche. Können Sie sich noch daran erinnern?»

«O ja, sehr gut.»

«Ihr Mann hat mir erzählt, er sei gegen neun Uhr von Miss French fortgegangen, habe den Weg zu Fuß zurückgelegt und sei um fünf Minuten vor halb zehn zu Hause angelangt.»

Sir Wilfrid blickte fragend zu Mrs. Vole hinüber. Diese erhob sich und ging langsam zum Kamin. Die beiden Anwälte standen ebenfalls auf.

«Fünf Minuten vor halb zehn», sagte Mrs. Vole tonlos und nachdenklich vor sich hin.

«Um halb zehn», fuhr Sir Wilfrid fort, «kehrte die Haushälterin zurück, um etwas zu holen, das sie vergessen hatte. Als sie an der Wohnzimmertür vorbeikam, hörte sie, wie sich Miss French mit einem Manne unterhielt. Sie behauptete, daß dieser Mann Leonard Vole gewesen sei, und Inspektor Hearne erklärte, diese Aussage habe zur Verhaftung Ihres Mannes geführt. Mr. Vole hat mir jedoch versichert, daß er ein unumstößliches Alibi habe, da er um halb zehn bei Ihnen zu Hause war.»

Sir Wilfrid blickte erwartungsvoll zu Mrs. Vole hinüber, die schweigend am Kaminsims lehnte. Nach einer beklemmenden Pause drängte Sir Wilfrid: «Das stimmt doch, nicht wahr? Um halb zehn war er bei Ihnen, ja?»

«Hat er Ihnen das gesagt?» fragte sie schließlich, während beide Anwälte sie gespannt ansahen. «Daß er um halb zehn bei mir war?»

«Stimmt es etwa nicht?» fragte Sir Wilfrid ein wenig gereizt.

Wieder entstand eine längere Pause. Mrs. Vole ging langsam zu ihrem Sessel zurück und ließ sich nieder.

«Aber natürlich», lautete ihre ruhige Antwort, die bei Sir Wilfrid einen Seufzer der Erleichterung auslöste. Er setzte sich ebenfalls wieder.

«Die Polizei hat Sie wahrscheinlich schon über diesen Punkt vernommen. Was haben Sie da gesagt?»

«Ja, sie war gestern abend bei mir, und ich habe gesagt: ‹Leonard ist an dem Abend um 9.25 nach Hause gekommen und nicht wieder ausgegangen.›» Den letzten Satz leierte sie herunter, als habe sie ihn auswendig gelernt. Als sie bei Mr. Mayhew eine gewisse Nervosität bemerkte, setzte sie hinzu: «Das war doch richtig so, nicht wahr?»

«Was soll das heißen, Mrs. Vole?» fragte Sir Wilfrid.

«Leonard wünscht, daß ich das sage, nicht wahr?»

«Es ist doch die Wahrheit. Das haben Sie vorhin gerade bestätigt.»

«Ich muß dies ganz richtig verstehen. Wenn ich sage, ja, es verhält sich so, Leonard war um halb zehn bei mir – werden sie ihn dann freisprechen? Werden sie ihn aus der Haft entlassen?»

Ihr Verhalten kam den beiden Anwälten ziemlich rätselhaft vor.

Mr. Mayhew beantwortete ihre Frage:

«Wenn Sie beide die Wahrheit sprechen, dann werden sie ihn – freilassen müssen.»
«Aber als ich das der Polizei sagte, hat man es mir nicht geglaubt. Das Gefühl hatte ich wenigstens.»
Sie schien durchaus nicht unglücklich darüber zu sein. Im Gegenteil, sie erweckte den Eindruck, als verursache ihr diese Tatsache eine gewisse Befriedigung. Mit plötzlich hervorbrechender Bosheit fügte sie hinzu: «Vielleicht habe ich es nicht sehr gut gesagt?»
Die beiden Männer sahen sich schweigend an. Dann begegneten Sir Wilfrids Augen dem kühlen, ein wenig frechen Blick von Mrs. Vole. Sie saßen sich wie zwei Feinde gegenüber. Sir Wilfrid änderte seine Taktik.
«Wissen Sie, Mrs. Vole», sagte er, «ich verstehe Ihre Haltung in dieser Angelegenheit nicht ganz. Vielleicht machen Sie sich die Lage Ihres Mannes nicht recht klar.»
«Ich habe Ihnen bereits gesagt», entgegnete sie, «daß ich gern genau wissen möchte, wie schwarz die Sache für – meinen Mann aussieht. Ich sage der Polizei, Leonard war um halb zehn bei mir zu Hause – und man glaubt mir nicht. Aber vielleicht hat ihn jemand beobachtet, als er Miss Frenchs Haus verließ, oder beim Heimweg auf der Straße gesehen?»
Sie blickte durchdringend und ein wenig verschlagen von einem zum anderen, und Mr. Mayhew gab zögernd zu, daß dies nicht der Fall sei.
«Dann hängt sein Freispruch also nur von seinem Wort – und meinem ab.» Sie wiederholte mit ziemlicher Heftigkeit: «Und meinem. Ich danke Ihnen, meine Herren; das ist alles, was ich wissen wollte.»
Damit erhob sie sich, aber Mr. Mayhew bat sie, noch ein wenig zu bleiben. «Es ist so vieles zu besprechen, Mrs. Vole.»
«Nicht mit mir.»
«Warum nicht, Mrs. Vole?» fragte Sir Wilfrid.
«Ich werde doch schwören müssen, daß ich die Wahrheit sage, die reine Wahrheit und nichts als die Wahrheit, nicht wahr?»
Sie schien belustigt zu sein.
«So lautet die Eidesformel, Mrs. Vole.»
«Und wenn ich nun auf Ihre Frage, wann Leonard Vole an jenem Abend nach Hause gekommen sei, antworten sollte . . .»

«Ja, was würden Sie dann sagen?»
«Ach, ich könnte so vieles sagen.»
«Mrs. Vole, lieben Sie Ihren Mann eigentlich?» fragte Sir Wilfrid, der aus ihrem Verhalten nicht mehr klug zu werden schien.
«Leonard behauptet, ja», entgegnete sie mit einem spöttischen Blick auf Mr. Mayhew.
«Mr. Vole glaubt es jedenfalls», warf dieser ein.
«Aber Leonard ist nicht sehr klug.»
«Sie wissen doch wohl», bemerkte Sir Wilfrid, «daß das Gesetz Sie nicht dazu zwingen kann, gegen Ihren Mann auszusagen.»
«Wie außerordentlich bequem!»
«Und Ihr Mann . . .»
«Leonard Vole ist nicht mein Mann», fiel sie Sir Wilfrid ins Wort.
«Was sagen Sie da?»
«Wir haben uns zwar in Berlin trauen lassen, aber ich habe ihm nicht gesagt, daß ich zu der Zeit verheiratet war und mein Mann noch lebte. Leonard hat mich aus der russischen Zone geholt und in dieses Land gebracht.»
«Dann müßten Sie ihm im Grunde genommen sehr dankbar sein. Sind Sie das?» fragte Sir Wilfrid ziemlich scharf.
«Dankbarkeit kann einem auch zuviel werden.»
«Hat Mr. Vole Sie eigentlich jemals gekränkt?»
Sie blickte ihn höhnisch an. «Leonard? Mich gekränkt? Er verehrt sogar den Boden, über den ich schreite.»
«Und Sie?»
Wieder fochten sie ein kleines Duell mit den Augen. Dann wandte sie sich lachend ab und sagte: «Sie wollen zuviel wissen, Sir Wilfrid.»
«Wir müssen uns über einen Punkt endlich Klarheit verschaffen», ließ sich Mr. Mayhew hören. «Ihre Aussagen waren einigermaßen zweideutig. Was ist nun wirklich am Abend des 14. Oktober geschehen?»
Mrs. Vole wiederholte mit monotoner Stimme: «Leonard kam um 21.25 nach Hause und ist nicht wieder fortgegangen. Ich habe ihm ein Alibi gegeben, nicht wahr?»
«Allerdings», erwiderte Sir Wilfrid und ging auf sie zu. «Mrs.

Vole ...» Er sah den Ausdruck in ihren Augen und brach ab. Nach einer Weile sagte er: «Sie sind eine außergewöhnliche Frau, Mrs. Vole.»
«Und Sie sind hoffentlich zufrieden.» Mit diesen Worten drehte sie sich um und verließ das Zimmer.

«Zufrieden? Das ist gut! Die Frau führt etwas im Schilde — aber was? Die Sache ist mir ganz und gar nicht geheuer, John.»
«Eins steht fest», schmunzelte Mr. Mayhew. «Sie hat bestimmt nicht einen hysterischen Anfall nach dem anderen bekommen.»
«Kalt wie eine Hundeschnauze», gab Sir Wilfrid zu.
«Wenn die als Zeugin auftritt, gibt's ein Fiasko, besonders wenn Myers als Staatsanwalt fungiert. Wie gedenkst du die Sache zu handhaben?»
«Wie üblich. Dauernd unterbrechen — soviel Einspruch erheben wie möglich.»
«Was ich nicht verstehen kann, ist, daß der junge Vole von ihrer Liebe so überzeugt ist. Er selbst liebt sie wirklich und verläßt sich vollständig auf sie.»
«Dumm genug von ihm. Traue niemals einer Frau!»

2

Sechs Wochen später wurde im Hauptkriminalgericht Old Bailey die Schwurgerichtsverhandlung gegen Leonard Vole eröffnet. Wie stets bei Mordprozessen war der Gerichtssaal bis auf den letzten Platz besetzt. Nachdem die Geschworenen vereidigt waren, wandte sich der Sprecher an den Angeklagten:
«Leonard Vole, Sie stehen unter der Anklage, am vierzehnten Tage des Oktober Emily Jane French in der Grafschaft London ermordet zu haben. Sprechen Sie, Leonard Vole: sind Sie schuldig oder nicht schuldig?»
«Nicht schuldig», antwortete Vole mit fester Stimme.
Daraufhin erhob sich Staatsanwalt Myers und begründete die Anklage in einer kurzen Ansprache an den Richter und die Geschworenen. Als er schilderte, wie am Abend des 14. Oktober die Haushälterin Janet MacKenzie unerwartet von ihrem Besuch bei Freunden zurückkehrte, um ein vergessenes Schnitt-

muster zu holen, und um 21.25 im Wohnzimmer die Stimmen ihrer Herrin und des Angeklagten hörte, wurde er vom Angeklagten unterbrochen, der aufsprang und leidenschaftlich beteuerte: «Das ist nicht wahr! Das bin ich nicht gewesen!»

Der Staatsanwalt nahm von dem Zwischenruf keine Notiz und fuhr fort:

«Janet MacKenzie war überrascht; denn Miss French hatte Leonard Voles Besuch an jenem Abend nicht erwartet. Sie verließ jedoch das Haus wieder, und als sie um 23 Uhr zurückkehrte, fand sie Miss Emily French ermordet vor. Das Zimmer war in großer Unordnung. Ein Fenster war eingeschlagen, und die Vorhänge flatterten heftig hin und her. Von Entsetzen erfaßt, rief Janet MacKenzie die Polizei an, und am 20. Oktober wurde der Angeklagte verhaftet. Für die Anklage steht fest, daß Miss Emily Jane French am Abend des 14. Oktober zwischen 21.30 und 22 Uhr durch einen Schlag mit einem ‹Totschläger› ermordet und dieser Schlag von dem Angeklagten ausgeführt worden ist. Ich werde nun Inspektor Hearne vernehmen.»

Inspektor Hearne betrat den Zeugenstand. Sobald er vereidigt war, forderte Myers ihn auf, über seinen Befund am Tatort zu berichten.

«Ich stellte fest», sagte Hearne, «daß Miss Emily French tot war. Sie lag auf dem Gesicht und hatte schwere Verletzungen am Hinterkopf erlitten. Ein Fenster war eingeschlagen, und Glasscherben lagen auf dem Fußboden. Später entdeckte ich auch einige Glassplitter draußen unter dem Fenster.»

Diesen Punkt griff Myers auf. «Hat die Tatsache, daß Glasscherben sowohl drinnen als auch draußen vorhanden waren, eine besondere Bedeutung?»

«Das draußen befindliche Glas ließ nicht darauf schließen, daß das Fenster von außen her eingeschlagen worden war.»

«Sie meinen also, daß man das Fenster vom Zimmer aus eingeschlagen hatte und den Eindruck erwecken wollte, als sei es von außen her geschehen?»

Sir Wilfrid sprang auf. «Ich erhebe Einspruch. Mein Herr Kollege legt dem Zeugen die Antwort ja geradezu in den Mund. Er muß sich doch zumindest an die Regeln der Beweisaufnahme halten.»

«Ich werde meine Frage anders formulieren», erklärte Myers. «Wenn ein Fenster von außen eingedrückt wird, wo liegen nach Ihren Erfahrungen die Glasscherben?»
«Auf der Innenseite.»
«Was haben Sie ferner unternommen?»
«Wir haben das Haus durchsucht, Aufnahmen gemacht und Fingerabdrücke abgenommen.»
«Was für Fingerabdrücke haben Sie gefunden?»
«Die von Miss French, Janet MacKenzie und Leonard Vole. Sonst keine.»
«Herr Inspektor, haben Sie nach allem, was Sie sahen, den Eindruck gewonnen, daß es sich tatsächlich um einen Einbruch handelt?»
Wieder schnellte Sir Wilfrid hoch. «Mylord, ich muß protestieren. Mein verehrter Herr Kollege versucht ja wieder, eine Meinung von diesem Zeugen zu erlangen.»
«Ja, Mr. Myers», erklärte der Richter, «Sie werden sich wohl etwas mehr Mühe geben müssen.»
«Herr Inspektor», begann Myers von neuem, «haben Sie etwas entdeckt, das sich nicht mit einem Einbruch vereinbaren läßt?»
«Nur das Glas, Sir, sonst nichts.»
«Da scheinen wir ja hier eine Niete gezogen zu haben, Mr. Myers», bemerkte der Richter trocken.
Myers ging unerschütterlich zu einem anderen Punkt über. «Sagen Sie mal, Herr Inspektor, trug Miss French wertvollen Schmuck?»
«Ja, Sir. Sie trug eine Diamantbrosche und zwei Brillantringe im Werte von neunhundert Pfund.»
«Und die hatte man ihr gelassen? Ist überhaupt etwas gestohlen worden?»
«Nach Janet MacKenzies Aussage fehlte nichts.»
«Ist es Ihnen in Ihrer Praxis schon einmal vorgekommen, daß ein Einbrecher das Haus verläßt, ohne etwas mitzunehmen?»
«Nein; es sei denn, er ist überrascht worden, Sir.»
«Aber in diesem Falle hat es doch nicht den Anschein, als sei der Einbrecher gestört worden?»
«Nein, Herr Staatsanwalt.»
«Sie haben da noch ein Beweisstück, Herr Inspektor. Einen Rock, nicht wahr?»

Der Rock wurde herübergereicht, identifiziert und vom Gerichtsdiener auf den Tisch gelegt.

«Woher haben Sie den Rock, Herr Inspektor?»

«Ich fand ihn kurz nach der Verhaftung des Angeklagten in seiner Wohnung und ließ ihn durch unseren Gerichtslaboranten auf Blutspuren hin untersuchen.»

«Ferner legen Sie noch das Testament von Miss French vor, nicht wahr, Herr Inspektor?»

«Ja, Herr Staatsanwalt.»

Der Gerichtsdiener reichte dem Inspektor das Testament und legte es dann zu dem Rock auf den Tisch.

«Datiert vom 8. Oktober?»

«Ja, Sir.»

«Und wer ist der Haupterbe?»

«Wenn man von einigen kleineren Vermächtnissen absieht, der Angeklagte, Sir.»

«Wie hoch ist der reine Vermögenswert?»

«Soweit es sich im Augenblick übersehen läßt, etwa fünfundachtzigtausend Pfund.»

Myers nahm Platz und ließ einen triumphierenden Blick durch den Zuschauerraum gleiten.

Sir Wilfrid erhob sich. Es lag nun an ihm, diese wirklich sehr belastende Zeugenaussage abzuschwächen. Er wandte sich an den Inspektor:

«Sie erwähnten, daß Sie nur Fingerabdrücke von Miss French, Janet MacKenzie und Leonard Vole gefunden hätten. Hinterläßt ein Einbrecher bei einem Einbruch gewöhnlich Fingerabdrücke, oder trägt er Handschuhe?»

«Gewöhnlich trägt er Handschuhe.»

«Demnach ist es also nicht überraschend, wenn nach einem Einbruch keine Fingerabdrücke des Einbrechers gefunden werden?»

«Nein, Sir.»

«Am Abend des 14. Oktober war es ziemlich windig, nicht wahr?»

«Ich kann mich nicht daran erinnern, Sir.»

«Mein Herr Kollege erwähnte, daß nach Aussage von Janet MacKenzie die Vorhänge flatterten. Vielleicht ist Ihnen das auch aufgefallen?»

«Sie bauschten sich allerdings ziemlich stark, Sir.»
«Das spricht dafür, daß es ein windiger Abend war. Wenn nun ein Einbrecher das Fenster von außen eingedrückt und dann den Flügel aufgerissen hat, so ist es doch sehr gut möglich, daß ein Windstoß den Flügel heftig zurückschleuderte und auf diese Weise ein paar Glasstücke *draußen* vor dem Fenster zu Boden fielen.»
«Ja, Sir.»
«Die Zahl der Gewalttaten ist in letzter Zeit stark angewachsen. Das geben Sie doch zu, Herr Inspektor?»
«Sie ragt über den Durchschnitt hinaus, Sir.»
«Nehmen wir einmal an, daß ein paar Rüpel einbrachen und Miss French attackierten, um dann ungehindert stehlen zu können. Als einer sie mit dem Totschläger niederschlug und entdeckte, daß sie tot war, ist es da nicht sehr gut möglich, daß die Burschen, von Panik ergriffen, Reißaus nahmen, ohne sich etwas anzueignen? Vielleicht hatten sie es nur auf Geld abgesehen und wollten mit Juwelen nichts zu tun haben.»
Hier erhob sich Myers und fiel ihm ins Wort. «Nach meiner Ansicht kann Inspektor Hearne unmöglich erraten, was in den Köpfen einiger Verbrecher vor sich ging, die wahrscheinlich nur in der Phantasie meines Herrn Kollegen existieren.»
Sir Wilfrid ging zu einem anderen Punkt über. «Soviel ich weiß, ist der Angeklagte von selbst zu Ihnen gekommen und hat seine Aussagen sehr bereitwillig gemacht.»
«Das stimmt, Sir.»
«Und hat der Angeklagte nicht immer wieder seine Unschuld beteuert?»
«Allerdings, Sir.»
Sir Wilfrid, der wußte, daß man Blutspuren am Rockärmel des Angeklagten gefunden hatte, zeigte dem Inspektor ein Messer. «Dies ist ein französisches Gemüsemesser, das wir vom Küchentisch in der Wohnung des Angeklagten genommen haben und das Ihnen von seiner Frau bei ihrem ersten Verhör gezeigt worden ist. Stimmt's, Herr Inspektor?»
«Ja, Sir.»
«Prüfen Sie, bitte, die Schneide des Messers mit Ihrem Finger — aber vorsichtig! Geben Sie zu, daß Spitze und Schneide dieses Messers so scharf wie eine Rasierklinge sind?»

«Ja, Sir.»
«Und wenn Sie damit – sagen wir mal – Schinken schnitten und mit der Hand ausrutschten, könnten Sie sich da nicht eine sehr unangenehme Verletzung beibringen, die gar nicht wieder aufhören will zu bluten?»
Myers sprang auf. «Ich erhebe Einspruch! Das sind Ansichten und keine Tatsachen.»
Sir Wilfrid zog die Frage zurück und versuchte es auf andere Weise. «Herr Inspektor, als Sie den Angeklagten nach den Blutspuren auf seinem Rockärmel befragten, hat er Sie da nicht auf eine kürzlich verheilte Narbe an seinem Handgelenk aufmerksam gemacht und Ihnen erklärt, daß sie von einer Wunde herrühre, die er sich beim Schinkenschneiden zugezogen habe?»
«Ja, das hat er getan.»
«Und die Frau des Angeklagten hat Ihnen dasselbe erzählt, nicht wahr?»
«Das erste Mal. Hinterher . . .»
«Ein einfaches Ja oder Nein, bitte. Hat Ihnen die Frau des Angeklagten dieses Messer gezeigt und gesagt, daß ihr Mann sich damit beim Schinkenschneiden verletzt habe?»
«Ja, Sir.»
Kaum hatte Sir Wilfrid das Kreuzverhör beendet, als Myers schon wieder aufsprang und den Inspektor mit Fragen bombardierte.
«Was hat Ihre Aufmerksamkeit zuerst auf den Rock gelenkt, Herr Inspektor?»
«Der Ärmel schien vor kurzem gewaschen worden zu sein.»
«Selbst wenn wir annehmen, daß die fragliche Wunde durch dieses Messer verursacht worden ist, so war doch nichts vorhanden, woraus man schließen konnte, ob der Angeklagte sich die Verletzung aus Versehen oder absichtlich beigebracht hatte, nicht wahr?»
Sir Wilfrid erhob Einspruch. «Das geht zu weit, Mylord. Wenn mein verehrter Herr Kollege seine Fragen gleich selbst beantwortet, dürfte die Anwesenheit des Zeugen überflüssig sein.»
Myers zog die Frage zurück und entließ den Inspektor. Nun wurde der Polizeiarzt Dr. Wyatt gerufen, und Myers forderte ihn auf, den Geschworenen alles zu erzählen, was er über den Tod von Miss Emily French wisse.

«Am 14. Oktober abends um elf Uhr», begann Dr. Wyatt, «sah ich die Leiche von Miss Emily French. Die Untersuchung ergab, daß Miss French durch einen Schlag mit einem harten Gegenstand auf den Kopf getötet worden war. Sie muß sofort tot gewesen sein. Die Körpertemperatur und andere Faktoren deuteten darauf hin, daß der Tod zwischen halb zehn und zehn Uhr eingetreten sein mußte.

«Waren Anzeichen dafür vorhanden, daß Miss French sich gegen den Angreifer gewehrt hat?» fragte Myers.

«Ich habe nichts davon bemerkt. Im Gegenteil, ich hatte den Eindruck, daß der Schlag völlig unerwartet für sie kam.»

Myers stellte keine weiteren Fragen und überließ Sir Wilfrid das Feld.

«Herr Doktor, sagen Sie mir bitte genau, welche Stelle am Kopf getroffen worden ist. Es war doch wohl nur ein Schlag, nicht wahr?»

«Ja, nur einer. Er traf links die Junktur der parietalen, der okzipitalen und der Schläfenknochen.»

«Allgemeinverständlich ausgedrückt hieße das?»

«Die Stelle hinter dem linken Ohr.»

«Kann man daraus schließen, daß der Schlag von einer linkshändigen Person ausgeführt worden ist?»

«Das ist möglich, läßt sich aber nicht mit Bestimmtheit sagen.»

«Erforderte dieser Schlag sehr viel Kraft?»

«Keineswegs.»

«Dann hätte er also auch von einer Frau ausgeführt werden können, nicht wahr?»

«Gewiß.»

Als nächste Zeugin ließ Myers Janet MacKenzie aufrufen. Eine ältere, männlich aussehende Schottin mit bärtiger Oberlippe und weißen Porzellanzähnen betrat den Gerichtssaal, und aus den Blicken, die sie dem Angeklagten zuschleuderte, ging deutlich hervor, daß sie nicht die geringste Sympathie für den jungen Mann hatte. Zu Beginn der Vereidigung hielt sie die Bibel in der linken Hand, bis der Gerichtsdiener sie darauf aufmerksam machte, daß sie in die rechte Hand gehöre.

Myers wandte sich ihr mit einschmeichelnder Miene zu: «Sie waren also Gesellschafterin und Haushälterin bei der verstorbenen Miss Emily French?»

«Ich war ihre Haushälterin. Halte nicht viel von Gesellschafterinnen. Armselige, schwächliche Kreaturen, die Angst haben, sich mal die Hände schmutzig zu machen.»
«Ganz recht, ganz recht. Ich wollte damit ja auch nur sagen, daß Sie von Miss French geachtet und geschätzt wurden und ihr mehr waren als eine Angestellte.»
«Zwanzig Jahre habe ich für sie gesorgt und ihr Vertrauen genossen, und manches Mal habe ich sie daran gehindert, eine Dummheit zu begehen. Sie war zu warmherzig und impulsiv.»
«Wann haben Sie den Angeklagten zum erstenmal gesehen?»
«Ende August kam er ins Haus. Erst einmal die Woche, dann zwei- oder dreimal. Scharwenzelte immer um sie herum, erzählte ihr, wie jung sie aussehe, und schmeichelte ihr, wenn sie etwas Neues anhatte.»
Myers unterbrach hastig diesen Redefluß und veranlaßte sie, den Geschworenen noch einmal die Ereignisse des Verhängnisvollen Abends zu schildern, was sie auch in epischer Breite tat.
«Sind Sie ganz sicher», fragte Myers schließlich, «daß es der Angeklagte war, dessen Stimme Sie gehört haben?»
«O ja, ich kenne seine Stimme zur Genüge.»
«Wie wissen Sie denn, daß die von Ihnen angegebenen Zeiten stimmen?»
«Ich habe meine Uhr mit der meiner Freundin verglichen, und sie gingen ganz gleich. Und als ich dann gegen elf nach Hause kam» — hier zitterte ihre Stimme vor Erregung — «lag die arme Seele am Boden. Ihr Kopf war eingeschlagen. Sämtliche Schubladen waren herausgezogen und der Inhalt durcheinandergewühlt. Eine Vase lag zerbrochen auf dem Fußboden. Die Gardinen bauschten sich im Wind. Ich habe dann gleich die Polizei angerufen.»
«Glaubten Sie wirklich, daß es Einbrecher gewesen waren?»
Sir Wilfrid erhob hier heftigen Einspruch, und der Richter ließ die Frage nicht zu. Statt dessen fragte Myers:
«Was haben Sie getan, nachdem Sie die Polizei angerufen hatten?»
«Ich habe das Haus nach einem Eindringling durchsucht, habe aber außer dem Durcheinander im Wohnzimmer nichts weiter entdeckt.»
«Was wußten Sie eigentlich über den Angeklagten?»

«Ich wußte, daß er Geld brauchte.»
«Hat er Miss French um Geld gebeten?»
«Nein, dazu war er zu schlau.»
«Hat er Miss French bei ihren Geschäftsangelegenheiten geholfen?»
«Ja, das hat er getan, obwohl es gar nicht nötig war. Miss French hatte einen klaren Kopf für solche Dinge.»
«Ist Ihnen bekannt, wann Miss French ihr letztes Testament machte?»
«Das war am 8. Oktober. Ich hörte, wie sie am Tage vorher mit ihrem Rechtsanwalt telefonierte. Er solle kommen, da sie ein neues Testament machen wolle. Der Angeklagte war auch dabei und protestierte dauernd, und die gnädige Frau sagte: ‹Aber ich möchte es gern, mein lieber Junge. Ich wäre neulich beinahe vom Bus überfahren worden, und das kann jeden Augenblick wieder passieren.›»
«Miss MacKenzie, wußten Sie, daß der Angeklagte verheiratet war?»
«Nein, und meine Herrin auch nicht.»
Sir Wilfrid erhob Einspruch mit der Begründung, daß Miss MacKenzie nur Vermutungen darüber anstellen könne, was ihre Herrin gewußt oder nicht gewußt habe.
«Dann wollen wir es anders ausdrücken», fuhr Myers fort. «Sie waren zu der Ansicht gelangt, daß Miss French Leonard Vole für unverheiratet hielt. Stützte sich diese Ansicht auf irgendwelche Tatsachen?»
«Ja, die Bücher, die sie von der Bibliothek bestellte. Sie las das ‹*Leben der Baronin Burdett Courtts*› und ein Buch über Disraeli und seine Frau. Beide Bücher handeln von Frauen, die sehr viel jüngere Männer geheiratet hatten. Ich wußte schon, was sie im Sinn hatte.»
«Ich fürchte», unterbrach sie der Richter, «daß dies aus dem Protokoll gestrichen werden muß.»
«Warum?» fragte Janet MacKenzie.
«Weil ich es für durchaus möglich halte, daß eine Frau ein Buch über das Leben Disraelis liest, ohne eine Heirat mit einem jüngeren Manne zu planen.»
Diese Bemerkung löste unter den Zuschauern Heiterkeit aus, die aber bald vom Gerichtsdiener unterdrückt wurde.

Sir Wilfrid begann sein Kreuzverhör mit ein paar sanften und freundlichen Redensarten, um keinen Antagonismus bei ihr zu erwecken. Dann kam er auf das Testament zurück.
«Miss MacKenzie, war Ihnen bekannt, daß Miss French in ihrem vorletzten Testament fast ihr ganzes Vermögen Ihnen vermacht hatte?»
«Ja, das hat sie mir selbst gesagt. ‹Alles Schwindel, diese Wohltätigkeitsvereine›, erklärte sie. ‹Hierfür Geld und dafür Geld. Nur an die Stellen, für die es eigentlich gedacht ist, kommt es nicht. Ich habe Ihnen alles vermacht, Janet, und Sie können damit tun, was Sie für richtig halten.›»
«In ihrem letzten Testament hat Miss French Ihnen aber nur ein kleines Vermächtnis hinterlassen. Der Haupterbe ist Leonard Vole.»
«Ja, und es wäre eine himmelschreiende Ungerechtigkeit, wenn er je einen Penny davon in die Hand bekäme», stieß sie giftig hervor.
Sir Wilfrid kam nun auf den Abend des 14. Oktober zu sprechen. «Sie behaupten, Sie hätten gehört, wie sich der Angeklagte mit Miss French unterhielt. Worüber sprachen denn die beiden?»
«Ich habe nicht verstanden, was gesagt wurde. Ich hörte nur, daß sie sich unterhielten und lachten.»
«Mit anderen Worten, Sie hörten nur das Geräusch von Stimmen. Wie kommen Sie dann zu der Behauptung, daß es die Stimme des Angeklagten war?»
«Weil ich seine Stimme ganz genau kenne.»
«Die Tür war doch verschlossen, nicht wahr?»
«Ja, sie war zu.»
«Ich vermute, daß Sie beide Male sehr schnell an der Tür vorbeigegangen sind, um bald wieder zu Ihrer Freundin zu kommen. Habe ich recht?»
«Ich war nicht in Eile; hatte ja den ganzen Abend vor mir.»
«Aber Miss MacKenzie, Sie wollen doch wohl nicht bei den Geschworenen den Eindruck erwecken, als hätten Sie an der Tür gelauscht?»
Ein Schmunzeln ging durch den Zuschauerraum, als Janet MacKenzie sich heftig gegen diesen Verdacht wehrte. Nun spielte Sir Wilfrid seinen Trumpf aus:

«Miss MacKenzie, soweit ich unterrichtet bin, sind Sie ein Mitglied der staatlichen Krankenversicherung.»
«Ja. Viereinhalb Schilling muß ich jede Woche bezahlen. Einen Haufen Geld für eine Frau in meinen Verhältnissen.»
«Da haben Sie vollkommen recht», sagte Sir Wilfrid verständnisvoll. «Aber sagen Sie mal, Miss MacKenzie, haben Sie nicht kürzlich einen Hörapparat beantragt?»
«Das stimmt. Schon vor sechs Monaten, und ich habe ihn immer noch nicht.»
«Ihr Gehör ist demnach nicht ganz in Ordnung, wie?» Er senkte seine Stimme und fragte leise: «Wenn ich Ihnen nun sage, Miss MacKenzie, daß Sie mit Ihrem schlechten Gehör eine Stimme durch eine geschlossene Tür wahrscheinlich gar nicht erkennen können, was werden Sie mir da antworten?» Nach einer kleinen Pause fuhr er mit normaler Stimme fort: «Können Sie mir sagen, was ich eben gefragt habe?»
«Ich kann Leute nicht verstehen, wenn sie murmeln.»
«Tatsache ist, daß Sie mich nicht verstanden haben, obwohl ich nur ein paar Schritte von Ihnen entfernt im offenen Gerichtssaal stehe. Und doch wollen Sie bei einer normalen Unterhaltung die Stimme des Angeklagten hinter einer geschlossenen Tür erkannt haben, an der Sie rasch vorübergegangen sind.»
«Er war es, das sage ich Ihnen. Er war's.»
«Der Wunsch ist wohl der Vater des Gedankens. Sie haben eben ein Vorurteil gegen den Angeklagten.»
«Aber wer soll es denn sonst gewesen sein?»
«Sehen Sie, da haben wir's ja: wer soll es denn sonst gewesen sein? Sie hatten eben nur den Angeklagten im Kopf. Nun sagen Sie mal, Miss MacKenzie, wenn Miss French abends allein war, hat sie doch sicher hin und wiedbr das Radio angedreht, nicht wahr?»
«Ja, sie interessierte sich sehr für ein gutes Hörspiel.»
«Dann war es doch durchaus möglich, daß das Lachen sowie die Männer- und Frauenstimme aus dem Radio kamen. An jenem Abend wurde nämlich zu der Zeit ein Lustspiel gegeben.»
«Es war aber nicht das Radio.»
«Wie können Sie das so eigensinnig behaupten?»

«Weil das Radio gar nicht im Hause war; es wurde repariert.»
Sir Wilfrid wurde durch diese unerwartete Antwort ein wenig aus dem Geleise geworfen. Er faßte sich aber schnell und ging unbeirrt zu einem neuen Angriff über.
«Miss MacKenzie, wenn Sie wirklich in dem Glauben lebten, daß Miss French den Angeklagten heiraten wollte, so muß Sie das doch sehr aufgeregt haben. Dadurch war ja Ihre ganze Lebensweise bedroht; denn der Angeklagte hätte Miss French wahrscheinlich dazu überredet, Sie zu entlassen, nicht wahr?»
«Das hätte meine Herrin wohl nicht getan nach all diesen Jahren. Aber er hätte bestimmt kein Mittel unversucht gelassen. Auf jeden Fall wäre durch ihn alles anders geworden.»
«So etwas kann einen natürlich aus der Fassung bringen.» Sir Wilfrid war die Teilnahme selbst. «Kein Wunder, daß Sie so erbittert gegen den Angeklagten sind!»
Der Staatsanwalt erhob sich mit der recht sarkastischen Bemerkung:
«Mein verehrter Herr Kollege hat ja wirklich keine Mühe gescheut, um aus Ihnen das Motiv der Rachsucht zu extrahieren ...»
«Eine schmerzlose Extraktion – völlig schmerzlos», warf Sir Wilfrid dazwischen, ohne aufzustehen, aber so, daß die Geschworenen es hören konnten.
Myers ignorierte diesen Zwischenruf und fuhr fort: «Miss MacKenzie, Sie haben durch die geschlossene Tür die Stimme des Angeklagten erkannt, ohne seine Worte verstanden zu haben. Wollen Sie bitte den Geschworenen erklären, wie Sie zu der Überzeugung kamen, daß es seine Stimme war?»
Langsam und nachdrücklich, als habe sie jedes Wort erwogen, antwortete Miss MacKenzie: «Man kann eine Stimme erkennen, auch wenn man nicht versteht, was gesprochen wird.»
Als sie den Zeugenstand verließ, versäumte sie es nicht, dem Richter einen guten Morgen zu wünschen, wodurch sie beim Publikum abermals Heiterkeit auslöste.

Nach ihr wurde Mr. Clegg, ein Assistent am gerichtsmedizinischen Institut von Scotland Yard vernommen. Er bestätigte, daß er den Rock des Angeklagten auf Blutspuren hin untersucht und an einem Ärmel auch einige entdeckt habe.

«Haben Sie festgestellt», fragte Myers, «welcher Gruppe dieses Blut angehört?»
«Ja, es gehört zur Gruppe o.»
«Hat man Ihnen auch eine Blutprobe von Miss French zur Untersuchung übergeben?»
«Ja. Ihr Blut gehört ebenfalls der Gruppe o an.»
Myers überließ den Zeugen dem Verteidiger mit einer Miene, als wolle er sagen: Nun sehen Sie zu, wie Sie mit diesem Burschen fertigwerden. Zu seinem großen Erstaunen ließ sich Sir Wilfrid von seinem Partner eine Bescheinigung reichen.
«Ich habe hier ein Attest, das besagt, daß Leonard Vole Blutspender am Nord-Londoner Krankenhaus ist und ebenfalls der Blutgruppe o angehört. Wie Ihnen sicherlich bekannt ist, hat der Angeklagte sich geschnitten. Das Blut an seinem Ärmel könnte also ebensogut aus seiner eigenen Wunde stammen, nicht wahr?»
«Das ist durchaus möglich», gab Mr. Clegg zu, und mit dieser Antwort wurde dem Staatsanwalt der Wind aus den Segeln genommen.

Nun ließ der Staatsanwalt die Zeugin Romaine Heilger rufen. Als diese den Zeugenstand betrat, erhob sich ein lautes Gemurmel im Saal, so daß der Gerichtsdiener gezwungen war, die Anwesenden zur Ruhe zu ermahnen. Die Zeugin legte den Eid ab, und durch die ersten Fragen stelle der Staatsanwalt heraus, daß sie zwar eine Ehe mit dem Angeklagten geschlossen hatte, daß diese Ehe aber ungültig war, da ihr erster Mann, von dem sie nicht geschieden war, zu der Zeit noch lebte. Als Beweis legte der Staatsanwalt dem Richter einen Trauschein vor, aus dem hervorging, daß am 18. April 1946 in Leipzig die Eheschließung zwischen der Zeugin und Otto Gerthe Heilger vollzogen worden war. Daraufhin erklärte der Richter die Zeugin für vernehmungsfähig, nachdem Sir Wilfrid zuerst versucht hatte, sie als befangen abzulehnen.
Der Staatsanwalt fragte zunächst: «Mrs. Heilger, sind Sie willens, gegen den Angeklagten, den Sie bisher Ihren Mann genannt haben, auszusagen?»
Sie antwortete mit fester Stimme: «Ja, ich bin dazu bereit.»
Jetzt sprang Leonard Vole von der Anklagebank auf und rief

entsetzt: «Aber Romaine – was sagst du denn da – bist du von Sinnen?»
Der Richter wandte sich an den Angeklagten: «Ich muß auf Ruhe bestehen. Ihr Anwalt wird Ihnen sagen, daß Sie in Kürze Gelegenheit haben werden, sich selbst zu verteidigen.»
Myers fuhr mit der Vernehmung fort: «Schildern Sie uns bitte die Vorgänge des 14. Oktober.»
«Ich war den ganzen Abend zu Hause.»
«Und Leonard Vole?»
«Leonard ging um halb acht fort.»
«Und wann kam er zurück?»
«Um zehn Minuten nach zehn.»
Wieder sprang der Angeklagte auf und rief erregt: «Das ist nicht wahr. Ich bin kurz vor halb zehn nach Hause gekommen!»
Mr. Mayhew eilte zu ihm und versuchte, ihn zu beschwichtigen. Aber Vole fuhr fort: «Wie kommst du nur dazu, so etwas zu behaupten? Ich verstehe das einfach nicht.» Er sank in sich zusammen und verbarg das Gesicht in den Händen, während er im Flüsterton wiederholte: «Ich verstehe es einfach nicht.»
«Was geschah», fragte der Staatsanwalt, «als Leonard Vole um zehn Minuten nach zehn nach Hause kam?»
«Er war ganz außer Atem und sehr erregt. Hastig zog er seinen Rock aus und untersuchte die Ärmel. Dann sagte er: ‹Verdammt nochmal, da sind ja Blutspritzer! Hier, wasch mal die Aufschläge aus.› Ich fragte ihn, was geschehen sei, und er antwortete: ‹Ich habe sie umgebracht!›»
An dieser Stelle wurde die Zeugin wieder von dem Angeklagten unterbrochen, der wie von Sinnen rief: «Das ist nicht wahr! Kein Wort davon ist wahr!»
Der Richter beugte sich erstaunt vor: «Sind Sie sich eigentlich bewußt, was Sie hier sagen, Mrs. Heilger?»
«Ich soll doch die Wahrheit sprechen, nicht wahr?» lautete ihre Antwort.
Der Staatsanwalt setzte das Verhör fort: «Als der Angeklagte sagte: ‹Ich habe sie umgebracht›, wußten Sie da sofort, wer damit gemeint war?»
«Ja, ich wußte, daß es sich um die alte Dame handelte, die er so oft besucht hatte.»

«Und was geschah dann?»

«Leonard schärfte mir ein zu sagen, daß er um halb zehn nach Hause gekommen und den ganzen Abend bei mir gewesen sei. Vor allen Dingen sollte ich nicht vergessen, daß er um halb zehn zu Hause gewesen sei. Ich fragte ihn, ob die Polizei wisse, daß er diesen Mord begangen habe. Darauf antwortete er mir: ‹Nein, sie werden annehmen, es handle sich um einen Einbrecher.›»

«Mrs. Heilger, bei Ihrer ersten Vernehmung haben Sie ausgesagt, daß Leonard Vole um halb zehn zu Hause gewesen sei. Jetzt haben Sie Ihre Aussage geändert. Warum?»

«Weil es um einen Mord geht. Ich kann nicht weiterhin lügen, nur um ihn zu retten. Gewiß, ich bin ihm dankbar. Er hat mich in dieses Land gebracht, und bisher habe ich auch alles getan, worum er mich gebeten hat, weil ich ihm verpflichtet war.»

«Doch wohl auch, weil Sie ihn liebten?»

«Nein, ich habe ihn nie geliebt.»

«Romaine!» klang ein verzweifelter Schrei von der Anklagebank zu ihr herüber. Doch sie achtete nicht darauf und wiederholte:

«Ich habe ihn nie geliebt.»

«Aber Sie waren dem Angeklagten Dank schuldig und daher zunächst bereit, ihm ein Alibi zu verschaffen. Später kam es Ihnen dann zum Bewußtsein, daß Sie nicht richtig gehandelt hatten, nicht wahr?»

«Ja, so war es.»

«Warum hielten Sie auf einmal ihre Handlungsweise für falsch?»

«Ich sagte es Ihnen ja schon. Weil es sich um einen Mord handelt. Ich kann doch nicht vor Gericht lügen und unter Eid aussagen, daß Leonard zur Zeit des Verbrechens bei mir zu Hause war. Nein, das kann ich nicht. Das kann ich beim besten Willen nicht. Ich muß die Wahrheit sprechen.»

«Und was Sie heute ausgesagt haben, das ist also die reine Wahrheit vor Gott?»

«Ja, das ist die Wahrheit.»

Sir Wilfrid begann nun das Kreuzverhör.

«Wußte der Angeklagte, als er mit Ihnen diese Formehe ein-

ging, daß Sie verheiratet waren und Ihr erster Mann noch lebte?»
«Nein.»
«Er handelte also im guten Glauben?»
«Ja.»
«Und Sie waren ihm sehr dankbar?»
«Natürlich war ich ihm dankbar.»
«Das haben Sie bewiesen, indem Sie hierherkamen und gegen ihn aussagten.»
«Ich muß doch die Wahrheit sagen!»
«Ist es aber die Wahrheit?» fragte Sir Wilfrid wütend.
«Ja.»
«Ich warne Sie um Ihrer selbst willen, wenn Ihnen das Schicksal des Angeklagten auch gleichgültig ist. Die Strafe für Meineid ist schwer.»
Hier legte sich Myers ins Mittel. «Mylord, ich weiß nicht, ob diese theatralischen Ausbrüche die Geschworenen beeindrukken sollen, aber ich möchte doch darauf hinweisen, daß kein Grund vorliegt, die Glaubwürdigkeit der Zeugin anzuzweifeln.»
«Mr. Myers», erwiderte der Richter, «es geht hier um Leben und Tod, und da möchte ich der Verteidigung, soweit es angängig ist, jeden Spielraum lassen. Bitte, Sir Wilfrid.»
Durch eine Reihe geschickter Fragen verwickelte Sir Wilfrid die Zeugin in Widersprüche, als er sie über die Blutspuren am Ärmel verhörte.
«Vielleicht ist Ihr Gedächtnis in bezug auf andere Teile Ihrer Geschichte ebenso unzuverlässig. Ursprünglich haben Sie der Polizei gesagt, daß Leonard Vole sich beim Schinkenschneiden verletzt habe und das Blut am Ärmel daher stamme. Warum haben Sie damals gelogen?»
«Ich habe gesagt, was Leonard mir aufgetragen hatte.»
«Und sogar das Messer gezeigt, mit dem er den Schinken geschnitten hatte, wie?»
«Als Leonard die Blutflecke am Ärmel entdeckte, hat er sich absichtlich einen Schnitt beigebracht, um den Anschein zu erwecken, daß das Blut von ihm selbst stamme.»
«Das habe ich nicht getan!» rief der Angeklagte dazwischen. Sobald sich dieser wieder beruhigt hatte, fuhr Sir Wilfrid fort:

«Sie geben also zu, daß Ihre ursprüngliche Aussage der Polizei gegenüber ein Gewebe von Lügen war. Sie scheinen eine vortreffliche Lügnerin zu sein. Man fragt sich nur: haben Sie damals gelogen, oder lügen Sie jetzt? Wenn Sie wirklich so entsetzt darüber gewesen wären, daß ein Mord begangen worden war, warum haben Sie da nicht schon bei Ihrer ersten Vernehmung die Wahrheit gesagt?»
«Ich hatte Angst vor Leonard.»
Sir Wilfrid wies auf die zusammengesunkene Gestalt auf der Anklagebank: «Sie hatten Angst vor Leonard Vole – Angst vor dem Mann, dem Sie soeben durch Ihre Aussage das Herz gebrochen und allen Lebensmut genommen haben? Ich denke, die Geschworenen werden wissen, wem sie mehr Glauben schenken sollen.»
Der Staatsanwalt wandte sich an den Richter: «Mylord, die Beweisaufnahme der Anklage ist geschlossen.»

Nun hielt Sir Wilfrid eine kurze Ansprache an den Richter und die Geschworenen. Er betonte, daß der Indizienbeweis gegen den Angeklagten sehr belastend sei, und erwähnte lobend die unparteiischen Aussagen der Polizei und der Sachverständigen. Jedoch warnte er davor, den Aussagen der Haushälterin Janet MacKenzie und der Frau, die sich bisher Romaine Vole genannt habe, allzu große Bedeutung beizumessen. «Meine Damen und Herren, glauben Sie etwa, daß diese Zeuginnen in ihren Aussagen vorurteilsfrei gewesen sind? Janet MacKenzie, die durch das neue Testament ihrer Herrin ein Vermögen verloren hat, weil ihr Platz durch diesen unglückseligen jungen Mann ohne sein Dazutun eingenommen worden war ... Romaine Vole oder Heilger – wie sie sich auch nennen mag – die ihn in eine Heirat lockte, wobei sie ihm verheimlichte, daß sie schon verheiratet war. Diese Frau schuldet ihm mehr, als sie je wiedergutmachen kann. Sie benutzte ihn nur als Mittel zum Zweck. Er sollte sie lediglich vor politischer Verfolgung retten. Sie hat ja gestanden, daß sie ihn niemals liebte. Nun hat er seinen Zweck erfüllt. Ich bitte Sie, meine Damen und Herren, ihre Aussage sehr sorgfältig zu prüfen – die Aussage einer Frau, der wahrscheinlich die verderbliche Doktrin eingeimpft worden ist, daß die Lüge eine Waffe sei, die man jederzeit zu seinem

eigenen Vorteil anwenden dürfe. Meine Damen und Herren, ich rufe jetzt den Angeklagten, Leonard Vole, auf.»
Leonard Vole, der sich inzwischen wieder gefaßt hatte, ging festen Schrittes zum Zeugenstand und legte den Eid ab.
In dem nun folgenden Verhör gab Sir Wilfrid dem Angeklagten Gelegenheit, vor Gericht das zu wiederholen, was er ihm im Verlauf ihrer ersten Unterredung gesagt hatte. Zum Schluß fragte er ihn: «Sie haben die Aussage der Frau gehört, die Sie bis jetzt als Ihre Frau ansahen».
«Ja», erwiderte Vole erregt, «und ich kann nicht verstehen . . .»
Sir Wilfrid fiel ihm ins Wort: «Ich weiß, daß Sie das alles sehr aufgeregt hat. Aber ich bitte Sie, alle Gefühle auszuschalten und meine Frage sachlich zu beantworten. Hat die Zeugin die Wahrheit gesprochen oder nicht?»
«Sie hat nicht die Wahrheit gesprochen.»
«Nun noch eine letzte Frage, Mr. Vole. *Haben Sie Emily French getötet?»*
«Nein, ich habe sie nicht getötet.»
Sobald Sir Wilfrid Platz genommen hatte, begann Staatsanwalt Myers mit dem Kreuzverhör.
«Zu welchem Zeitpunkt in Ihrer Bekanntschaft mit Miss French haben Sie erfahren, daß sie eine reiche Frau war?»
«Ich hatte keine Ahnung davon, als ich sie zuerst besuchte.»
«Aber sobald Ihnen dies klargeworden war, beschlossen Sie, die Bekanntschaft zu pflegen, nicht wahr?»
«Ich weiß, es sieht so aus. Aber ich mochte sie wirklich gern. Geld hatte nichts damit zu tun.»
«Wieviel Geld hatten Sie auf der Bank, als Sie verhaftet wurden?»
«Sehr wenig. Nur ein paar Pfund.»
Wieder holte Myers zu einem bösen Schlag aus. «Ich werde es Ihnen sagen. Bei Ihrer Verhaftung waren Sie finanziell in einer verzweifelten Situation!»
«Das stimmt nicht. Ich machte mir wohl Sorgen, das gebe ich zu. Aber meine Lage war nicht hoffnungslos.»
«Sie hatten also Geldsorgen, machten die Bekanntschaft einer reichen Frau und bewarben sich eifrig um ihre Gunst.»
«Sie verdrehen mir ja die Worte im Munde. Ich sagte Ihnen doch, ich mochte Miss French wirklich gern.»

«Obwohl Miss French eine tüchtige Geschäftsfrau war, haben Sie ihr bei den Steuererklärungen geholfen. Wie kamen Sie dazu?»

«Das Ausfüllen der Formulare machte ihr Schwierigkeiten. Sie wissen ja selbst, daß es nicht so einfach ist, sich darin zurechtzufinden.»

«Bei dieser Gelegenheit haben Sie dann gleich erfahren, wie hoch ihr Einkommen war. Sehr vorteilhaft! Sie haben doch bestimmt gehofft, einen finanziellen Vorteil aus Ihrer Freundschaft mit Miss French zu ziehen, nicht wahr?»

«Nicht in dem Sinne, wie Sie es meinen.»

«Sie scheinen ja meine Gedanken besser zu kennen als ich. In welchem Sinne haben Sie denn einen finanziellen Vorteil erhofft?»

«Ich habe eine Erfindung gemacht – einen Scheibenwischer, der bei Schneefall besonders gut funktioniert – und ich nahm an, daß Miss French die Sache vielleicht finanzieren würde. Aber das war nicht der einzige Grund, warum ich sie besuchte. Ich wiederhole nochmals: ich mochte sie gern.»

«Ja, ja, das haben wir nun reichlich oft gehört – wie gut Sie sie leiden konnten.»

«Das stimmt aber auch», beharrte der Angeklagte.

«Mr. Vole, es hat sich herausgestellt, daß Sie etwa eine Woche vor Miss Frenchs Tode in einem Reisebüro waren und Erkundigungen über Vergnügungsreisen ins Ausland eingezogen haben.»

«Selbst wenn ich das getan habe», parierte Vole, «ist das etwa ein Verbrechen?»

«Keineswegs. Viele Leute machen solche Reisen, *wenn sie sie bezahlen können*. Aber *Sie* konnten sich doch so etwas nicht leisten, Mr. Vole.»

«Ich war allerdings etwas knapp. Daraus habe ich keinen Hehl gemacht.»

«Und doch gingen Sie in das betreffende Reisebüro in Begleitung einer Blondine – einer ‹Erdbeerblonden› – wie ich höre, und ...»

«Mit einer Erdbeerblonden?» warf der Richter ein.

«Ja, das ist die Bezeichnung für eine Dame mit rötlichblondem Haar, Mylord.»

«Ich bildete mir ein, alle blonden Typen zu kennen. Doch eine Erdbeerblonde ist mir noch nicht über den Weg gelaufen. Aber man lernt bekanntlich nie aus. Bitte, fahren Sie fort, Mr. Myers.»

«Was haben Sie dazu zu sagen, Mr. Vole?»

«Meine Frau ist nicht blond, und außerdem geschah das alles nur zum Spaß.»

«Dann geben Sie also zu, daß Sie sich dort erkundigt haben, und zwar nicht nach billigen Ausflügen, sondern nach den teuersten Luxusreisen. Wie gedachten Sie denn, das zu bezahlen?»

«Überhaupt nicht.»

«Und ich sage Ihnen, Sie wußten, daß Sie in einer Woche ein großes Vermögen erben würden – von einer älteren Dame, die Ihnen ihr volles Vertrauen geschenkt hatte.»

«Das wußte ich nicht. Ich hatte nur alles ein wenig satt, und da hingen die verlockenden Plakate in den Fenstern – mit Kokospalmen und blauem Meer. Also ging ich hinein und holte mir Auskunft. Ich machte wohl einen etwas schäbigen Eindruck, denn der Angestellte musterte mich ziemlich geringschätzig. Das brachte mich hoch. Da habe ich mich ein wenig aufgespielt» – er grinste plötzlich, als mache ihm die Szene jetzt noch Spaß – «und nach den extravagantesten Reisen gefragt – alles nur Luxusklasse mit einer Kabine auf dem Bootsdeck!»

«Und das sollen Ihnen die Geschworenen glauben?»

«Niemand braucht mir etwas zu glauben. Aber so war es. Es war vielleicht etwas kindisch. Aber ich hatte Spaß daran.» Er machte auf einmal einen pathetischen Eindruck, als er hinzusetzte: «Ich habe dabei bestimmt nicht an Mord oder Erbschaft gedacht.»

«Dann war es also nur ein bemerkenswerter Zufall, daß Miss French wenige Tage später ermordet wurde und Ihnen ihr ganzes Vermögen hinterließ?»

«Ich versichere Ihnen nochmals, ich habe sie nicht getötet.»

«Wie Sie hörten, sagte Mrs. Heilger aus, daß Sie nicht um *fünfundzwanzig Minuten nach neun*, sondern um *zehn Minuten nach zehn* nach Hause gekommen sind . . .»

«Das ist nicht wahr!» rief der Angeklagte.

«. . . daß Ihr Anzug Blutflecke aufwies und daß Sie ihr gegenüber unumwunden zugegeben haben, Sie hätten Miss French umgebracht.»

Der Angeklagte schluckte krampfhaft und beteuerte dann wieder: «Es ist nicht wahr. Ich versichere es Ihnen. Kein Wort davon ist wahr!»

«Können Sie mir einen Grund nennen, warum diese junge Dame, die doch als Ihre Frau galt, eine derartig belastende Aussage gegen Sie gemacht haben sollte, wenn die Geschichte nicht wahr wäre?»

«Nein, das kann ich eben nicht. Das ist ja gerade das Furchtbare. Sie muß unter dem seelischen Druck verrückt geworden sein.»

«So? Auf mich machte sie einen außerordentlich klaren und beherrschten Eindruck. Ist Wahnsinn der einzige Grund, den Sie angeben können?»

Der Angeklagte rang die Hände. «Ich verstehe es einfach nicht. Mein Gott, was ist bloß passiert? Was ist in sie gefahren?»

«Sehr wirkungsvoll – diese Szene, Mr. Vole. Aber vor Gericht haben wir es nur mit Tatsachen zu tun. Wir haben lediglich Ihr Wort dafür, daß Sie um fünfundzwanzig Minuten nach neun zu Hause angelangt und nicht wieder fortgegangen sind.»

Der Angeklagte blickte wild umher. «Es muß mich doch jemand gesehen haben – auf der Straße oder als ich ins Haus ging.»

«Das sollte man eigentlich annehmen. Aber die einzige Person, die Sie an jenem Abend nach Hause kommen sah, behauptete, es sei zehn Minuten nach zehn gewesen. Auch behauptet diese Person, daß Ihr Anzug Blutspuren aufgewiesen habe.»

«Ich hatte mich geschnitten.»

«Sehr einfach, sich eine Verletzung beizubringen für den Fall, daß später Fragen gestellt werden sollten.»

Hier brach der Angeklagte zusammen und schrie hysterisch in den Saal: «Sie verdrehen aber auch alles – alles, was ich sage. Sie stellen mich ganz anders hin, als ich in Wirklichkeit bin.»

«Sie haben sich den Schnitt absichtlich beigebracht.»

«Das habe ich nicht getan.»

«Sie sind um zehn Minuten nach zehn nach Hause gekommen.» Wie Hammerschläge prasselten die Anschuldigungen auf den Angeklagten herab.

«Das stimmt nicht. Sie *müssen* es mir glauben. Sie müssen es mir *glauben!*»
«Sie haben Emily French ermordet.»
«Nein, nein, ich habe es nicht getan. Ich habe sie nicht umgebracht. Ich habe noch nie einen Menschen getötet. O Gott! Es ist wie ein Alpdruck – wie ein böser, schrecklicher Traum!»
Einem Nervenzusammenbruch nahe, wurde der Angeklagte abgeführt, und damit war der erste Verhandlungstag zu Ende.

Sir Wilfrid und Mr. Mayhew kehrten zu Fuß in Sir Wilfrids Büro zurück.
«Verdammter Nebel!» knurrte Sir Wilfrid, als er die Fenstervorhänge zuzog. «Da kommt man nun aus einem dumpfen Gerichtssaal und will ein bißchen frische Luft schnappen. Und was findet man? Nebel!»
«Aber der draußen ist nicht so dicht wie der, in den wir durch Mrs. Heilgers Schrullen geraten sind», erwiderte Mr. Mayhew.
Sir Wilfrid pflichtete ihm aufrichtig bei. «Diese verflixte Frau! Vom ersten Moment an, als sie mir unter die Augen kam, habe ich Unheil gewittert. Ein durch und durch rachsüchtiges Weibsbild und viel zu gerissen für den einfältigen jungen Tropf auf der Anklagebank. Aber was führt sie im Schilde? Was will sie erreichen?»
«Daß Leonard Vole verurteilt wird, wie mir scheint.»
«Undankbare Kreaturen, die Frauen. Aber warum so gehässig? Wenn sie seiner überdrüssig war, brauchte sie ja nur das Feld zu räumen. Finanziell konnte er ihr sowieso nichts bieten.»
Greta erschien mit einem Tablett und stellte vor jeden eine Tasse hin. «Ich habe Ihnen Ihren Tee gebracht, Sir Wilfrid.»
«Tee? Wir brauchen ein stärkeres Getränk.»
«Ohne Ihren Tee können Sie ja gar nicht leben, Sir. Wie ist es denn heute gegangen?»
«Schlecht.»
«O nein, hoffentlich nicht; denn er hat's bestimmt nicht getan.»
«Immer noch derselben Ansicht?» Er blickte sie nachdenklich an. «Woher diese felsenfeste Überzeugung?»
«Weil er nicht der Typ ist. Er ist richtig nett. Niemals würde er einer alten Dame den Schädel einschlagen. Sie werden ihn aber schon loseisen, nicht wahr, Sir?»

«Ich – werde – ihn – loseisen», lautete die grimmige Antwort. Als Greta die Tür hinter sich zugemacht hatte, fuhr er fort: «Wie, das mag der liebe Himmel wissen. Schade, es gibt nur eine Frau unter den Geschworenen ... Frauen mögen ihn anscheinend gern ... hat wohl etwas, das den mütterlichen Instinkt in ihnen wachruft. Frauen wollen ihn bemuttern.»

«Wogegen Mrs. Heilger – *nicht* der mütterliche Typ ist.»

«Nein, John, sie ist eine leidenschaftliche Natur. Heißblütig hinter der kühlen Fassade. Die würde zum Messer greifen und einen Mann erstechen, wenn er sie betröge. Ha, ich lechze förmlich danach, sie kleinzukriegen, ihre Lügen aufzudecken und sie den Geschworenen in ihrer richtigen Couleur zu zeigen.»

«Entschuldige, Wilfrid, aber läßt du das Ganze nicht zu einem persönlichen Duell zwischen dir und ihr ausarten?»

«Hast du den Eindruck? Vielleicht hast du recht. Aber sie ist eine schlechte Frau, John. Und das Leben eines jungen Mannes hängt von dem Ausgang dieses Duells ab.»

Mr. Mayhew holte sich einen Pfeifenreiniger vom Kaminsims und meinte nachdenklich: «Die Geschworenen mochten sie nicht.»

«Den Eindruck hatte ich auch, John. Zunächst einmal ist sie eine Ausländerin, und sie sind mißtrauisch gegen Ausländer. Dann ist sie mit dem Mann nicht verheiratet und hat so gut wie eingestanden, daß sie sich der Bigamie schuldig gemacht hat. Das können sie nicht einfach hinnehmen. Und letzten Endes hält sie nicht zu ihrem Mann, wenn er am Boden liegt. Das mag man in diesem Lande nicht.»

«Das ist ja nur gut.»

«Ja, aber nicht gut genug. Und dann diese dumme Angelegenheit mit dem Reisebüro. Die Frau macht ein Testament zu seinen Gunsten, und sofort holt er sich Auskunft über Luxusreisen. Das ist natürlich Wasser auf die Mühle des Staatsanwalts.»

Mr. Mayhew stimmt ihm zu. «Seine Erklärung klang auch nicht gerade überzeugend.»

Mit Sir Wilfrid ging auf einmal eine vollständige Veränderung vor sich. Er wurde geradezu menschlich. Lächelnd sagte er: «Aber weißt du, John, meine Frau macht's genauso. Sie läßt sich von einem Reisebüro ausgedehnte Auslandsreisen zusam-

menstellen. Für uns beide. Und dabei bleiben wir letzten Endes doch immer zu Hause.»
Er erhob sich und ging eine Weile nachdenklich im Zimmer auf und ab, während Mr. Mayhew seine Pfeife stopfte. Auf beiden Gesichtern lag ein nachsichtiges Lächeln. Dann kam der Rechtsanwalt in Sir Wilfrid wieder an die Oberfläche:
«Die Phantasien unserer Frauen sind leider kein Beweismaterial. Aber man kann verstehen, warum der junge Mann Reiseprospekte verlangte.»
Er kramte eine Streichholzschachtel aus der Schublade seines Schreibtisches hervor und reichte sie seinem Freunde, der die Entdeckung machte, daß die Schachtel leer war. Er warf sie in den Papierkorb und steckt seine Pfeife in die Tasche.
«Na, keine Lust zu rauchen, John?» fragte Sir Wilfrid.
«Danke, im Augenblick nicht. Das war übrigens ein guter Punkt — Janet MacKenzies Schwerhörigkeit.»
«Ja, da haben wir ihr eine ausgewischt. Aber dafür zahlte sie es uns mit dem Radio heim.»
«Wer war wohl der Mann, den Janet MacKenzie im Gespräch mit Miss French gehört hat?»
«Da gibt's zwei Möglichkeiten. Entweder hat sie die ganze Geschichte erfunden . . .»
«Das würde sie doch bestimmt nicht tun», unterbrach ihn Mr. Mayhew schockiert.
«Na, was hat sie denn gehört? Nun erzähle mir nur nicht, daß es ein Einbrecher war, der erst liebenswürdig mit Miss French plauderte, bevor er ihr den Schädel einschlug, du alter Spaßvogel!»
«Das ist natürlich sehr unwahrscheinlich.»
«Ich glaube nicht, daß die grimmige Alte davor zurückschrecken würde, so etwas zu erfinden. Weißt du, ich glaube, sie würde vor nichts zurückschrecken. Nein», sagte er bedeutungsvoll, «ich glaube, sie würde vor *nichts* zurückschrecken.»
Mr. Mayhew war ehrlich entrüstet: «Großer Gott! Du meinst doch nicht etwa . . .?»

In diesem Augenblick betrat Carter das Zimmer. «Verzeihung, Sir Wilfrid, eine junge Person möchte Sie in der Angelegenheit Vole sprechen.»

Sir Wilfrid tippte sich auf die Stirn: «Hat sie einen leichten Dachschaden?»
«O nein, Sir Wilfrid. *Den* Typ kenne ich gleich heraus.»
«Wie sieht sie denn aus, und was will sie?»
«Es ist eine ziemlich gewöhnliche Person, und sie drückt sich reichlich derb aus. Sie behauptet, etwas zu wissen, das dem Angeklagten helfen würde.»
Sir Wilfrid seufzte. «Höchst unwahrscheinlich. Aber wir müssen leider nach jedem Strohhalm greifen. Bringen Sie sie also herein.»
Die Frau, die Carter kurz darauf ins Zimmer führte, war ungefähr fünfunddreißig Jahre alt. Sie war billig und auffallend gekleidet und stark geschminkt. Blonde Haarsträhnen verdeckten eine Seite ihres Gesichts. Ihre Hände zuckten verräterisch. Sobald Carter den Raum verlassen hatte, blickte sie scharf von einem zum anderen. «Was? Zweie? Ich rede nicht mit zweien.» Sie wandte sich wieder zum Gehen. Aber Sir Wilfrid klärte sie flink auf: «Dies ist Mr. Mayhew, Leonard Voles Anwalt, und ich bin Sir Wilfrid Robarts, sein Verteidiger.»
Die Frau blickte ihn prüfend an: «Ach ja, richtig, mein Schatz. Habe euch ohne Perücken nicht erkannt. Zum Anbeißen seht ihr alle darin aus. Ihr steckt wohl ein bißchen die Köpfe zusammen, wie? Na, vielleicht kann ich euch helfen, wenn für mich was dabei herausspringt.»
«Wissen Sie, Miss — hm —»
«Aber mein Teuerster, Namen sind doch ganz überflüssig. Ich könnte euch ja einen nennen, aber es wäre wahrscheinlich nicht der richtige.» Sie ging zu einem Sessel und ließ sich darin nieder.
«Wie Sie wollen», erwiderte Sir Wilfrid. «Sie sind sich aber gewiß klar darüber, daß es Ihre Pflicht ist, als Zeugin aufzutreten, wenn Sie etwas wissen, ja?»
«Ach, hören Sie auf damit. Ich hab' doch nicht gesagt, daß ich was weiß. Ich *habe* was. Das ist ein ganz anderer Vers.»
«Was haben Sie denn in Ihrem Besitz, Madame?» fragte Mr. Mayhew.
«Nicht so hastig! Ich war heute in der Verhandlung und habe die Aussage dieser — dieser Person gehört. Und so arrogant, wie die war! Das ist 'ne Giftnudel. Eine richtige Jesabel!»

«Ganz recht», stimmte Sir Wilfrid zu. «Aber wie wäre es, wenn wir zur Sache kämen?»
Ihr Gesicht nahm einen verschlagenen Ausdruck an: «Ja, aber wie schneide ich dabei ab? Was ich hier habe, ist wertvoll. Sagen wir mal, hundert Pfund.»
Hier legte sich Mr. Mayhew ins Mittel: «Ich fürchte, so hoch können wir uns nicht versteigen. Aber wenn Sie uns vielleicht Näheres über dieses geheimnisvolle Angebot verraten würden ...»
«Ich verstehe schon. Ihr wollt natürlich keine Katze im Sack kaufen. Aber ihr könnt ganz beruhigt sein. Ich habe schon das richtige ‹Material›.» Sie öffnete ihre schäbige Handtasche und zog ein Bündel Briefe hervor. «Hier ist es. Briefe.»
«Briefe», fragte Sir Wilfrid, «die Romaine Vole dem Angeklagten geschrieben hat?»
«Dem Angeklagten? Daß ich nicht lache. Den armseligen Schlucker hat sie ja richtig an der Nase herumgeführt.» Sie kniff ein Auge zu. «Ich habe was zu *verkaufen,* mein Lieber, vergessen Sie das nicht.»
Mr. Mayhew schaltete sich diplomatisch ein: «Wenn wir einen Einblick in die Briefe tun dürften, könnten wir Ihnen sagen, wieviel sie uns wert sind.»
«Aalglatt, was? Aber wie gesagt, ihr sollt sie nicht unbesehen kaufen. Doch was dem einen recht ist, ist dem anderen billig. Wenn ihr den Jungen durch diese Briefe freikriegt und das ausländische Weibsbild dahin bringt, wo sie hingehört, dann heißt es hundert Pfund für mich herausrücken. Gemacht?»
Mr. Mayhew nahm zehn Pfund aus seiner Brieftasche. «Wenn diese Briefe der Verteidigung von Nutzen sind, bin ich bereit, Ihnen zehn Pfund für Ihre Auslagen anzubieten.»
Die Frau kreischte förmlich los: «Was? Zehn lumpige Pfund für solche Briefe! Kommt überhaupt nicht in Frage.»
Sir Wilfrid ging zu Mayhew hinüber und nahm ihm die Brieftasche und das Geld aus der Hand. Dann wandte er sich wieder der Frau zu. «Wenn ein Brief darunter ist, der dazu beiträgt, die Unschuld meines Klienten zu beweisen, dann wären Ihre Unkosten mit zwanzig Pfund wohl nicht schlecht bezahlt.»
Mit diesen Worten entnahm er der Brieftasche weitere zehn Pfund und reichte sie seinem Freunde leer wieder zurück.

«Fünfzig Pfund», erklärte die Frau, «und die Sache ist gemacht.»
«Zwanzig Pfund und nicht einen Penny mehr.» Sir Wilfrid blieb jetzt eisern.
Als er das Geld auf den Tisch zählte, leckte sich die Frau die Lippen. Es war mehr, als sie erhofft hatte.
«Na, meinetwegen, ihr Gauner. Da habt ihr sie. Ein ziemlicher Packen. Der oberste wird den Kram schon schmeißen.»
Sie legte die Briefe auf den Tisch und wollte gerade das Geld einstecken. Aber Sir Wilfrid kam ihr zuvor: «Einen Augenblick noch! Woher wissen wir denn, ob es ihre Handschrift ist?»
«Die Briefe sind von ihr geschrieben, das ist so sicher wie das Amen in der Kirche.»
«Ich besitze einen Brief von Mrs. Vole», sagte Mr. Mayhew, «aber leider nicht hier, sondern in meinem Büro.»
«Dann müssen wir uns eben für den Augenblick auf Sie verlassen», meinte Sir Wilfrid und händigte ihr das Geld aus.
Er glättete die Briefe und begann zu lesen, während die Frau ein paar Schritte auf die Tür zu machte.
«Unglaublich», stieß Sir Wilfrid hervor.
«Diese kaltblütige Rachsucht!» erklärte Mr. Mayhew, der über Sir Wilfrids Schulter hinweg mitlas.
Sir Wilfrid ging auf die Frau zu:« Wie sind Sie überhaupt zu den Briefen gekommen?»
«Das möchtet ihr wohl wissen!»
«Was haben Sie eigentlich gegen Romaine Vole?»
Die Frau ging langsam zum Schreibtisch, drehte die Lampe so, daß das Licht voll auf ihr Gesicht fiel. Dann schob sie ihr Haar zur Seite. Sir Wilfrid wich mit einem Ausruf des Entsetzens zurück; die Wange war völlig zerschnitten und durch rote Narben entstellt.
«Mein Gott, hat Mrs. Vole das getan?»
«Sie nicht Aber der Kerl, mit dem ich ging. Es war ein ernstes Verhältnis. Er war ja ein bißchen jünger als ich. Aber er mochte mich gern, und ich liebte ihn. Dann kam *sie* dazu, verliebte sich in ihn und hat ihn mir abspenstig gemacht. Zuerst hat sie sich heimlich mit ihm getroffen, und eines Tages haute er ab. Ich ging ihm nach und fand sie zusammen. Ich habe ihr dann gesagt, was ich von ihr hielt, und da ging er auf mich los. Er ge-

hörte zu einer Rasiermesserbande und hat mein Gesicht schön zurechtgestutzt. ‹So, jetzt sieht dich kein Mann mehr an›, hat er noch gesagt.»
Sir Wilfrid fragte tief gerührt: «Haben Sie ihn nicht angezeigt?»
«Ich? Seh' ich so aus? Außerdem war er ja nicht schuld daran, sondern sie – sie ganz allein. Sie hat ihn mir ausgespannt und gegen mich aufgehetzt. Aber ich habe auf eine günstige Gelegenheit gelauert. Ich habe ihr nachgestellt und sie beobachtet. Ich weiß so einiges von ihr. Weiß auch, wo der Bursche wohnt, den sie hin und wieder heimlich besucht. Auf diese Weise habe ich auch die Briefe in die Hände gekriegt. So, jetzt kennen Sie die ganze Geschichte, Mister. Möchten Sie mir nicht vielleicht einen Kuß geben, Herr Rechtsanwalt?»
Sie strich das Haar wieder zur Seite und hielt Sir Wilfrid die zerschlitzte Backe hin. Als er zurückwich, lachte sie kurz auf. «Na, ich nehme es Ihnen nicht krumm, wenn Sie kein Verlangen spüren.»
«Sie tun mir aufrichtig leid», stammelte Sir Wilfrid, dem der Auftritt sehr peinlich war. «John. hast du noch einen Fünfer?»
Als Mr. Mayhew ihm die leere Brieftasche zeigte, nahm Sir Wilfrid einen Fünfpfundschein aus seiner eigenen Tasche und reichte ihn ihr: «Wollen noch fünf Pfund hinzulegen.»
Die Frau griff hastig danach. «So, ihr habt mich also hintergangen, wie? Habs ja gleich gewußt, daß ich viel zu nachgiebig war. Die Briefe haben es in sich, was?»
«Ja», entgegnete Sir Wilfrid, «ich glaube, sie werden uns nützlich sein. John, lies einmal diesen.»
Während sich die beiden Anwälte von neuem über die Briefe beugten, schlich sich die Frau auf leisen Sohlen zur Tür hinaus.
«Wir ziehen am besten einen Handschriftenexperten hinzu», schlug Mr. Mayhew vor.
«Vor allen Dingen», erklärte Sir Wilfrid, «müssen wir den Namen und die Adresse des Mannes haben, an den die Briefe gerichtet sind.»
Er drehte sich um und entdeckte zu seiner Überraschung, daß die Frau verschwunden war. Er stürzte ins Vorzimmer und schickte Greta hinter ihr her.
«Bei diesem Nebel», meinte er resigniert, als er zu Mr. May-

hew zurückkehrte, «wird es nicht viel Zweck haben. Verdammt nochmal.»
«Du wirst den Namen nie erfahren. Sie hat alles sehr sorgfältig ausgeklügelt. Weigerte sich sogar, uns ihren Namen zu geben, und schlüpfte uns dann wie ein Aal durch die Finger. Es ist ein zu großes Risiko für sie, als Zeugin aufzutreten.»
«Sie würde unter Schutz stehen», wandte Sir Wilfrid ein. Aber es klang nicht sehr überzeugend.
«So? Wie lange wohl? Letzten Endes würde er sie doch fassen. Sie hat schon allerlei gewagt, indem sie hierherkam. Den Mann will sie ja auch nicht mit hineinziehen. Sie hat es in der Hauptsache auf Romaine Heilger abgesehen.»
«Und was für ein nettes Pflänzchen unsere teure Romaine ist! Aber jetzt werden wir ihr das Handwerk schon legen.»

3

Am nächsten Morgen begann der letzte Verhandlungstag, der die Urteilsverkündigung bringen sollte.
Sobald alles im Gerichtssaal versammelt war, klopfte der Gerichtsdiener dreimal an die Tür des Richters und forderte alle Anwesenden auf, sich von den Plätzen zu erheben. Als der Richter den Saal betrat, verkündete der Gerichtsdiener:
«Wer vor dem Königlichen Gerichtshof zum Zwecke der Rechtsprechung noch etwas vorzubringen hat, der trete vor und bezeuge dem hohen Gericht seine Achtung. Gott schütze die Königin.»
Nachdem alles wieder Platz genommen hatte, erhob sich Sir Wilfrid und bat den Richter um Erlaubnis, die Zeugin Romaine Heilger noch einmal vernehmen zu dürfen, da ihm nach Schluß der gestrigen Verhandlung äußerst wichtiges Beweismaterial in die Hände gefallen sei, woraufhin Staatsanwalt Myers aufsprang und heftig dagegen protestierte. Der Richter wies ihn mit ruhiger Sachlichkeit zurecht und gab Sir Wilfrid das Wort, der sofort einen Präzedenzfall zitierte. Der Richter erkundigte sich dann, worum es sich bei diesem neuen Beweismaterial handle.

«Um Briefe, Mylord, Briefe, die Mrs. Heilger geschrieben hat.»
Der Richter wünschte die Briefe zu sehen. Sie wurden ihm gereicht, und er begann zu lesen.
Myers stand wieder auf: «Da mein Herr Kollege mich eben erst von dieser Sache unterrichtet hat, hatte ich keine Gelegenheit, etwas darüber nachzuschlagen. Aber es schwebt mir da ein Fall vor, ich glaube aus dem Jahre 1930, das Verfahren gegen Porter ...»
«Nein, Mr. Myers», erwiderte der Richter, «es war das Verfahren gegen Potter, und es war im Jahre 1931. Ich erinnere mich sehr gut daran; denn ich war damals Staatsanwalt.»
«Und wenn mein Gedächtnis mich nicht täuscht, so erhoben Sie einen ähnlichen Einspruch, Mylord, und dieser wurde angenommen.»
«Ihr Gedächtnis täuscht Sie aber leider, Mr. Myers. Mein Einspruch wurde damals von Richter Swindon abgelehnt — wie Ihrer jetzt von mir.»
Während Romaine Heilger in den Zeugenstand gerufen wurde, machten sich bei dem Angeklagten deutliche Zeichen der Aufregung bemerkbar, und Mr. Mayhew sah sich veranlaßt, ihm beschwichtigend zuzureden.
Sir Wilfrid erinnerte Mrs. Heilger zunächst daran, daß sie noch unter Eid stehe, und fragte dann: «Mrs. Heilger, kennen Sie einen Mann, dessen Vornamen Max ist?»
Bei der Erwähnung dieses Namens fuhr sie heftig zusammen, erklärte aber in der nächsten Sekunde ganz gelassen: «Ich habe niemals einen Mann namens Max gekannt. Nie in meinem Leben.»
«Und doch ist es in Ihrem Lande kein seltener Name. Haben Sie tatsächlich nie einen Max gekannt?»
«Ach so, in Deutschland — ja — vielleicht. Ich kann mich nicht entsinnen. Es ist schon lange her.»
«So weit brauchen Sie nicht zurückdenken. Ein paar Wochen genügen. Sagen wir mal» — hier zog er einen Brief hervor und faltete ihn umständlich auseinander — «bis zum 17. Oktober dieses Jahres.»
«Was haben Sie denn da?» fragte Romaine, sichtlich bestürzt.
«Einen Brief. Einen Brief, den Sie am 17. Oktober an einen Mann namens Max geschrieben haben.»

«Das ist erlogen. Ich habe einen solchen Brief nie geschrieben. Ich weiß überhaupt nicht, was Sie damit bezwecken wollen.»
«Dieser Brief ist nur einer von vielen, die Sie während einer beträchtlichen Zeitspanne an diesen Mann geschrieben haben.»
«Lügen – weiter nichts als Lügen!» rief die Zeugin erregt.
Sir Wilfrid warf ihr einen vielsagenden Blick zu. «Anscheinend unterhielten Sie zu diesem Mann intime Beziehungen.»
«Wie können Sie so etwas behaupten?» fuhr der Angeklagte dazwischen. «Das ist nicht wahr!»
Der Richter ermahnte ihn, in seinem eigenen Interesse zu schweigen.
«Aber», fuhr Sir Wilfrid fort, «der allgemeine Inhalt dieser Briefe geht mich nichts an. Ich interessiere mich im besonderen nur für einen Brief. Der fängt an: ‹*Mein geliebter Max. Es ist etwas ganz Unwahrscheinliches passiert. Ich glaube, alle unsere Schwierigkeiten werden jetzt ein Ende haben.*›»
«Alles erlogen!» tobte die Zeugin. «Ich habe den Brief nicht geschrieben. Woher haben Sie den überhaupt? Wer hat ihn Ihnen gegeben?»
«Das tut nichts zur Sache.»
«Sie haben ihn gestohlen. Sie sind nicht nur ein Lügner, sondern auch ein Dieb. Oder hat eine Frau Ihnen diesen Brief gegeben? Ich habe recht, nicht wahr?»
«Vorläufig haben Sie nur den Anfang des Briefes gehört. Leugnen Sie nach wie vor, ihn geschrieben zu haben?»
«Natürlich habe ich ihn nicht geschrieben. Er ist gefälscht. Es ist unerhört, daß man mich zwingt, derartige Lügen anzuhören – Lügen, die von einer eifersüchtigen Frau erfunden worden sind.»
«Ich glaube, *Sie* sind es, die hier lügt. Sie haben vor Gericht unter Eid dauernd in der unverschämtesten Weise gelogen. Und der Grund, warum Sie gelogen haben, geht deutlich aus diesem Brief hervor.»
«Sie sind ja total verrückt. Warum sollte ich wohl einen solchen Unsinn schreiben?»
«Weil sich ein Weg in die Freiheit für Sie aufgetan hatte. Die Tatsache, daß ein unschuldiger Mann mit dem Tode bestraft werden würde, machte Ihnen beim Schmieden Ihrer Pläne nicht das geringste aus. Sie haben sogar in Ihrem Brief erwähnt, wie

geschickt Sie es angefangen haben, Leonard Vole wie durch Zufall mit einem Schinkenmesser zu verwunden.»
Außer sich vor Wut fiel ihm die Zeugin ins Wort: «Das stimmt schon mal nicht. Ich habe geschrieben, daß es ihm selbst beim Schinkenschneiden –» Sie preßte die Hand auf den Mund; denn in diesem Augenblick kam ihr zum Bewußtsein, daß man sie in eine Falle gelockt hatte.
«Ach, Sie wissen also, was in diesem Brief steht – noch ehe ich ihn vorgelesen habe», triumphierte Sir Wilfrid.
Die Zeugin warf nun jegliche Selbstbeherrschung über Bord: «Verdammt nochmal! Der Teufel soll Sie holen! Ich hasse Sie!» Sie blickte wild umher. «Lassen Sie mich hier heraus! Lassen Sie mich gehen!»
Mit diesen Worten verließ sie den Zeugenstand, aber der Gerichtsdiener vertrat ihr den Weg. Der Richter befahl ihm, der Zeugin einen Stuhl zu geben, und forderte Sir Wilfrid auf, den Geschworenen den ganzen Brief vorzulesen. Sir Wilfrid las:

«Mein geliebter Max! Es ist etwas ganz Unwahrscheinliches passiert. Ich glaube, alle unsere Schwierigkeiten werden jetzt zu Ende sein. Ich kann zu Dir kommen, ohne befürchten zu müssen, daß die wertvolle Arbeit, die Du in diesem Lande leistest, gefährdet wird. Die alte Dame, von der ich Dir erzählte, ist ermordet worden, und ich glaube, man hat Leonard in Verdacht. Er ist an jenem Abend bei ihr gewesen, und seine Fingerabdrücke werden überall zu finden sein. Es soll um halb zehn passiert sein. Um diese Zeit war Leonard schon zu Hause, aber sein Alibi hängt von mir ab – von mir ganz allein. Ich kann ja sagen, er sei erst viel später nach Hause gekommen und habe Blut an seiner Kleidung gehabt. Er hatte auch tatsächlich Blut am Ärmel, da er sich beim Abendessen geschnitten hatte. Das würde ganz schön passen. Ich könnte sogar aussagen, er habe mir erzählt, daß er sie getötet habe. O Max, Geliebter, sag mir, ob ich es so machen soll – es wäre wunderbar, frei zu sein und nicht mehr die liebende, dankbare Gattin spielen zu müssen. Ich weiß, daß die Bewegung und die Partei an erster Stelle stehen, aber wenn Leonard wegen Mordes verurteilt würde, könnte ich ohne Gefahr zu Dir kommen, und wir könnten immer zusammen sein. Deine Dich anbetende Romaine.»

Es herrschte tiefe Stille im Saal. Die Geschworenen hatten sich wie gebannt nach vorn gebeugt. Der Richter forderte nun Mrs. Heilger auf, wieder in den Zeugenstand zu treten, und fragte, was sie zu diesem Brief zu sagen habe.

Die Zeugin war wie versteinert und antwortete resigniert: «Nichts.»

Der Angeklagte sprang auf und rief leidenschaftlich:

«Romaine, sage ihnen doch, daß du das nicht geschrieben hast. Ich weiß, daß du es nicht getan hast.»

Mrs. Heilger drehte sich um und zischte zwischen den Zähnen hervor: «Natürlich habe ich es geschrieben.»

«Das», erklärte Sir Wilfrid, «dürfte für die Verteidigung genügen, Mylord.»

Der Richter fragte den Staatsanwalt, ob er ein Kreuzverhör anzustellen wünsche. Von dieser Aufgabe nicht sonderlich begeistert, erhob sich Myers und fragte die Zeugin, ob man einen Zwang auf sie ausgeübt habe und ob sie sich darüber klar sei, was ein Eid vor einem englischen Gerichtshof bedeute.

«Müssen Sie mich immer noch mehr quälen?» lautete die verzweifelte Antwort. «Ich habe den Brief geschrieben. Nun lassen Sie mich endlich gehen.»

Der Richter erinnerte den Staatsanwalt daran, daß Sir Wilfrid die Zeugin bei der früheren Vernehmung auf die Heiligkeit des Eides hingewiesen habe, und Mrs. Heilger machte er darauf aufmerksam, daß sie sich demnächst wegen Meineides zu verantworten habe. Damit entließ er die Zeugin und forderte Sir Wilfrid auf, sein Plädoyer zu beginnen.

Als Sir Wilfrid mit seinem sehr eindrucksvollen Plädoyer zu Ende war, zogen sich die Geschworenen für knapp fünf Minuten zurück. Sobald sie ihre Plätze wieder eingenommen hatten, forderte der Sprecher den Angeklagten auf, sich zu erheben, und fragte dann die Geschworenen: «Sind Sie sich alle über das Urteil einig?»

Der Obmann stand auf und antwortete: «Ja.»

«Haben Sie den Angeklagten, Leonard Vole, für schuldig oder für nicht schuldig befunden?»

«Nicht schuldig, Mylord.»

Dieses Urteil löste ein beifälliges Gemurmel unter den Zuschauern aus, das aber sehr schnell vom Gerichtsdiener unterdrückt wurde; denn nun sprach der Richter zu dem Angeklagten:

«Leonard Vole, Sie sind des am 14. Oktober an Emily French verübten Mordes für nicht schuldig erklärt worden. Sie werden hiermit freigesprochen und können den Gerichtssaal verlassen.»

Der Richter erhob sich, und alle Anwesenden folgten seinem Beispiel.

Allmählich leerte sich der Gerichtssaal, und schließlich blieben nur noch Leonard Vole und seine beiden Anwälte zurück. Vole bedankte sich bei ihnen, daß sie ihn aus einer «ekelhaften Patsche», wie er sich ausdrückte, gerettet hatten. Er machte jedoch Sir Wilfrid den Vorwurf, daß er zu scharf gegen Romaine vorgegangen sei.

«Hören Sie mal, Vole», entgegnete Sir Wilfrid mit großem Nachdruck, «Sie sind nicht der erste junge Mann, der in eine Frau vernarrt und infolgedessen so mit Blindheit geschlagen ist, daß er nicht erkennt, wie sie in Wirklichkeit ist. Diese Frau hat alles darangesetzt, um Ihnen die Schlinge um den Hals zu legen.»

«Ja, aber warum? Das kann ich immer noch nicht begreifen. Sie schien stets so voller Hingabe zu sein. Ich hätte schwören können, daß sie mich liebte – und doch hatte sie die ganze Zeit diesen anderen am Bändel.» Er schüttelte den Kopf. «Unglaublich. Es muß etwas anderes dahinterstecken.»

In diesem Augenblick schob ein Polizist Romaine Heilger durch die Tür mit den Worten:

«Sie warten am besten hier drinnen. Draußen ist noch eine große Menschenmenge versammelt, und die Volksseele kocht. An Ihrer Stelle würde ich warten, bis die Masse sich verlaufen hat.»

Mrs. Heilger bedankte sich und eilte schnurstracks auf Leonard Vole zu. Aber Sir Wilfrid versperrte ihr den Weg.

«Wollen Sie Leonard etwa vor mir schützen?» fragte Romaine Heilger mit leichter Ironie. «Das ist wirklich nicht notwendig.»

«Sie haben genug Unheil angerichtet», brummte Sir Wilfrid.

«Darf ich Leonard nicht einmal gratulieren, daß er nun frei ... und reich ist?»
«Reich?» fragte Vole zögernd.
«Ja, Mr. Vole, ich glaube, Sie werden Ihre Erbschaft bald antreten können», versicherte ihm Mr. Mayhew.
«Nach allem, was ich durchgemacht habe, scheint Geld keine besondere Rolle zu spielen. Romaine, ich kann nicht verstehen ...»
«Leonard», fiel sie ihm ins Wort, «ich kann dir alles erklären.»
«Nein!» donnerte Sir Wilfrid dazwischen.
Mrs. Heilger und Sir Wilfrid blickten sich feindselig an.
«Sagen Sie mir, Sir Wilfrid, komme ich nun wegen Meineides ins Gefängnis?»
«Das ist so gut wie sicher. Es mag Sie vielleicht interessieren, daß ich Sie gleich bei unserer ersten Begegnung durchschaut habe. Ich habe mir damals sofort geschworen, Ihnen einen Strich durch die Rechnung zu machen. Und beim Barte des Propheten, ich habe es geschafft! Ich habe Vole freibekommen trotz Ihrer Schliche!»
«*Trotz* – meiner Schliche! Würde man mir geglaubt haben, wenn ich gesagt hätte, Leonard sei an dem Abend bei mir zu Hause gewesen und nicht wieder fortgegangen? Nein, man hätte sich gesagt: diese Frau liebt den Mann – sie würde alles für ihn sagen und tun. Gewiß, man hätte mir vielleicht Sympathie entgegengebracht. Aber *geglaubt* hätte man mir nicht.»
«Wenn Sie die Wahrheit gesprochen hätten, schon.»
«Na, ich weiß nicht ... Jedenfalls wollte ich keine Sympathie – ich wollte Abscheu und Mißtrauen erwecken, wollte die Geschworenen davon überzeugen, daß ich verlogen sei. Und als ich dann von Ihnen als Lügnerin entlarvt wurde, da glaubten sie endlich ...» Sie machte plötzlich eine Handbewegung, und ihre Stimme nahm einen völlig veränderten, vulgären Ton an, als sie fortfuhr: «So, nun kennen Sie die ganze Geschichte, Mister – möchten Sie mir nicht vielleicht einen Kuß geben, Herr Rechtsanwalt?»
Sir Wilfrid war wie vom Donner gerührt. «Mein Gott! Sie sind also ...»
«Die Frau mit den Narben und den Briefen. Jawohl. Ich hatte die Briefe geschrieben, die ich Ihnen brachte. Ich hatte mir die

Narben aufgemalt, die Ihren Ekel und Ihr Mitleid erregten. Nicht *Sie* haben Leonard das Leben gerettet, sondern ich. Und dafür muß ich ins Gefängnis wandern . . .» Sie schloß die Augen. «Aber am Ende werden wir wieder vereint und glücklich sein.»

Sir Wilfrid war sichtlich gerührt. «Aber meine liebe Mrs. Vole, warum hatten Sie denn so wenig Vertrauen zu mir? Wir glauben nämlich, daß unsere britische Justiz auf seiten der Wahrheit steht. Wir hätten ihn auch so freibekommen.»

«Das konnte ich nicht riskieren.» Nach einer kleinen Pause setzte sie langsam hinzu: «Sie *dachten* nämlich, Leonard sei unschuldig . . .»

Sir Wilfrid unterbrach sie rasch: «Und Sie *wußten*, daß er unschuldig war. Ich verstehe schon.»

«Aber Sie verstehen mich ganz und gar nicht, Sir Wilfrid. *Ich* wußte, daß er *schuldig* war . . .»

Sir Wilfrid verstummte bestürzt. Erst nach einer geraumen Weile fand er die Sprache wieder. «Aber haben Sie denn keine Angst?»

«Angst? Wovor?»

«Mit einem Mörder zusammenzuleben?»

«Sie verstehen wieder nicht, Sir Wilfrid – wir lieben uns doch!»

«Mrs. Vole, bei unserer ersten Begegnung sagte ich Ihnen, Sie seien eine außergewöhnliche Frau – ich sehe keinen Grund, meine Meinung zu ändern.»

Damit verließ Sir Wilfrid den Saal. In der gleichen Minute stürzte zu einer anderen Tür ein junges Mädchen mit rötlichblondem Haar und von einigermaßen aufdringlichem Benehmen herein. Es war die «Erdbeerblonde», von der der Staatsanwalt gesprochen hatte. Sie lief direkt auf Vole zu:

«O Len, Darling, ist es nicht wunderbar? Du bist frei! Man hat mich nicht hineinlassen wollen. Oh, es war schrecklich! Ich bin fast verrückt geworden!»

«Leonard – wer – ist – dieses Mädchen?» fragte Romaine heftig.

Statt Leonard antwortete das Mädchen mit einem gewissen Trotz: «Ich bin Leonards Freundin. Über Sie bin ich orientiert. Sie sind gar nicht seine Frau. Nie gewesen. Sie haben Ihr möglichstes getan, um ihn an den Galgen zu bringen. Aber das ist jetzt vorbei.» Sie wandte sich wieder Leonard Vole zu. «Wir werden jetzt ins Ausland reisen, wie du es mir versprochen hast, und alle die herrlichen Gegenden besuchen. Wir werden eine wunderschöne Zeit verleben und dies alles hier schnell vergessen.»

«Ist — das — wahr? Ist sie wirklich deine Freundin, Leonard?» fragte Romaine mit gequältem Ausdruck.

Leonard zögerte zunächst mit der Antwort, sah dann aber ein, daß er Farbe bekennen mußte. Er ging ein paar Schritte auf Romaine zu und gestand:

«Ja, sie ist meine Freundin.»

«Nach allem, was ich für dich getan habe ... was kann *sie* dir da noch bedeuten?»

Leonard Vole ließ jetzt die Maske fallen, die er so lange getragen hatte, und zeigte sich in seiner ganze Brutalität.

«Sie ist fünfzehn Jahre jünger als du», erwiderte er lachend.

Romaine zuckte zusammen wie vom Blitz getroffen. Leonard stellte sich dicht vor sie hin und sagte in drohendem Ton:

«Ich bin freigesprochen und bekomme das Geld. Nach unseren Gesetzen kann ich desselben Verbrechens nicht noch einmal angeklagt werden. Also würde ich dir raten, deinen Mund zu halten. Sonst kann es sein, daß du selbst noch wegen Beihilfe gehängt wirst.»

Romaine warf den Kopf zurück und nahm eine sehr würdevolle Haltung an. «Nein», rief sie, «das wird nicht geschehen. Ich werde nicht wegen Beihilfe angeklagt. Auch nicht wegen Meineides. Ich werde des Mordes angeklagt ...»

Noch ehe irgend jemand erfassen konnte, was geschah, hatte sie blitzschnell das Messer ergriffen, das immer noch als Beweisstück hinter ihr auf dem Tisch lag, und es Leonard in den Leib gestoßen.

«... des Mordes an dem einzigen Manne, den ich je geliebt habe.»

Als Leonard, tödlich getroffen, zu Boden sank, blickte sie zum Richterstuhl empor und sagte mit feierlicher Stimme:

«Schuldig, Mylord.»

Der Prügelknabe

Lily Margrave spielte nervös mit ihren Handschuhen und warf dem Mann, der ihr gegenüber in einem tiefen Sessel saß, schnell einen Blick zu.

Sie hatte zwar von Monsieur Hercule Poirot, dem berühmten Detektiv, schon gehört, ihn aber noch nie von Angesicht zu Angesicht gesehen.

Sie fand ihn reichlich komisch, nahezu lächerlich. Er entsprach so ganz und gar nicht der Vorstellung, die sie sich von ihm gemacht hatte. Konnte dieser ulkige kleine Mann mit dem eiförmigen Kopf und dem enormen Schnurrbart wirklich alle die Glanzleistungen vollbringen, die man ihm zuschrieb? Seine gegenwärtige Beschäftigung erschien ihr besonders kindisch. Er war eifrig dabei, kleine bunte Holzblöcke aufeinanderzutürmen, und dieses Spiel schien ihn mehr zu fesseln als die Geschichte, die sie ihm erzählte.

Doch als sie plötzlich schwieg, blickte er scharf zu ihr hinüber.

«Mademoiselle, fahren Sie bitte fort. Sie denken wohl, ich passe nicht auf, wie? Sie können unbesorgt sein, mir entgeht kein Wort.»

Und von neuem begann er das Spiel mit den Holzklötzen, während das junge Mädchen den Faden der Erzählung wieder aufnahm. Es war eine grausige, eine tragische Geschichte! Aber ihrer knappen Darstellung, die sie mit kühler, ruhiger Stimme vortrug, schien eine gewisse menschliche Note zu fehlen.

Endlich kam sie zum Schluß.

«Ich hoffe», sagte sie ängstlich, «daß ich mich klar genug ausgedrückt habe.»

Poirot nickte mehrere Male heftig mit dem Kopf. Dann fegte er mit einer schwungvollen Handbewegung die Holzpyramide beiseite, so daß die Blöcke über den ganzen Tisch flogen, und lehnte sich in den Sessel zurück. Er preßte die Fingerspitzen zusammen, ließ seinen Blick zur Decke schweifen und begann zu rekapitulieren:

«Sir Reuben Astwell wurde vor zehn Tagen ermordet. Vorge-

stern wurde sein Neffe, Mr. Charles Leverson, von der Polizei verhaftet. Soweit Ihnen bekannt ist – bitte, verbessern Sie mich, falls ich Sie nicht richtig verstanden habe – sprechen folgende Tatsachen gegen ihn:
In der Mordnacht saß Sir Reuben bis tief in die Nacht hinein im Turmzimmer, seinem ganz besonderen Heiligtum, und schrieb. Mr. Leverson kam spät nach Hause, und der Butler, dessen Raum direkt unter dem Turmzimmer liegt, hörte einen heftigen Wortwechsel zwischen ihm und seinem Onkel. Der Streit endete mit einem dumpfen Geräusch, als sei ein Sessel umgefallen, und einem halberstickten Schrei.
Der Butler war voller Unruhe und stand auf, um nachzusehen, was da eigentlich los sei. Da er jedoch nach ein paar Sekunden hörte, wie Mr. Leverson sorglos pfeifend das Turmzimmer verließ, machte er sich weiter keine Gedanken mehr darüber. Aber am folgenden Morgen entdeckte ein Hausmädchen, daß Sir Reuben tot neben seinem Schreibtisch lag. Er war mit einem schweren Gegenstand niedergeschlagen worden. Wenn ich nicht irre, hat der Butler der Polizei nicht sofort mitgeteilt, was er in der Nacht gehört hatte. Ganz natürlich, nicht wahr, Mademoiselle?»
Die plötzliche Frage ließ Lily Margrave zusammenschrecken.
«Wie bitte?» fragte sie.
«Man sucht in solchen Angelegenheiten doch nach menschlichen Zügen», sagte der kleine Mann. «Sie haben mir die Geschichte ja wunderbar sachlich beschrieben, aber aus den Personen des Dramas haben Sie leblose Marionetten gemacht. Ich aber gehe der menschlichen Natur nach. Ich sage mir, dieser Butler, dieser – wie war doch sein Name?»
«Parsons.»
«Also dieser Parsons hat sicher, wie alle Leute seines Standes, eine tiefe Abneigung gegen die Polizei und wird ihr daher so wenig wie möglich sagen. Vor allen Dingen wird er nichts erwähnen, was ein Familienmitglied belasten könnte. Ein Einbrecher, ein Dieb – ja, an *die* Idee wird er sich mit seiner ganzen Hartnäckigkeit klammern. Jaja, die Treue und Anhänglichkeit der Dienstboten ist ein interessantes Kapitel.»
Er lehnte sich lächelnd zurück.
«Inzwischen», fuhr er fort, «hat jeder im Hause seine Version

von der Angelegenheit erzählt, auch Mr. Leverson. Nach seiner Schilderung ist er spät heimgekommen und sofort zu Bett gegangen, ohne seinen Onkel gesehen zu haben.»

«Ja, das hat er behauptet.»

«Und niemand sah sich veranlaßt, daran zu zweifeln», sagte Poirot nachdenklich, «mit Ausnahme von Parsons natürlich. Dann kommt ein Inspektor von Scotland Yard. Mr. Miller, sagten Sie doch, nicht wahr? Ich kenne ihn, habe früher ein paarmal mit ihm zu tun gehabt. Er ist flink wie ein Wiesel, schlau wie ein Frettchen und hat eine ausgezeichnete Spürnase. Ja, ich kenne ihn! Und der wachsame Inspektor Miller sieht, was dem Ortsinspektor nicht aufgefallen ist, nämlich, daß es Parsons nicht ganz behaglich zumute ist, daß er etwas weiß und dieses bislang verschwiegen hat. *Eh bien!* Er knöpft sich Parsons vor, und eins, zwei, drei, ist die Katze aus dem Sack! Denn mittlerweile hat sich einwandfrei herausgestellt, daß in jener Nacht kein Einbrecher für die Tat verantwortlich gewesen sein kann und daß der Mörder im Hause zu suchen ist. Parsons ist unglücklich und ängstlich, aber gleichzeitig erleichtert, daß man das Geheimnis aus ihm herausgelockt hat.

Er hat sein möglichstes getan, um einen Skandal zu vermeiden. Aber alles hat schließlich seine Grenzen. Inspektor Miller hört sich also Parsons' Schilderung an, richtet ein paar Fragen an ihn und stellt dann selbst Nachforschungen an. Das Beweismaterial gegen Mr. Leverson, das er schließlich sammelt, ist sehr belastend – ungeheuer belastend.

Es stellt sich heraus, daß blutige Fingerabdrücke, die man am Rande einer Truhe im Turmzimmer entdeckt, von Charles Leverson stammen. Von einem Hausmädchen erfährt der Inspektor, daß sie am Morgen nach dem Verbrechen ein mit blutigem Wasser angefülltes Waschbecken in Mr. Leversons Zimmer angetroffen hat. Mr. Leverson erklärt, er habe sich in den Finger geschnitten, und er hat auch tatsächlich eine kleine Schnittwunde, o ja, aber sie ist so winzig! Seine Manschette ist ausgewaschen, aber man findet Blutflecke an seinem Rockärmel. Er steckt in Geldschwierigkeiten, und durch Sir Reubens Tod erbt er eine ansehnliche Summe. O ja, es sieht sehr schlecht für ihn aus, Mademoiselle.»

Nach einer kleinen Pause fuhr er fort:

«Und doch kommen Sie heute zu mir.»
Lily Margrave zuckte ihre zarten Schultern.
«Aber ich sagte Ihnen doch schon, Monsieur Poirot, Lady Astwell hat mich geschickt.»
«Von selbst wären Sie also nicht gekommen, wie?»
Der kleine Mann blickte sie prüfend an. Das junge Mädchen schwieg.
«Sie haben meine Frage nicht beantwortet.»
Lily Margrave begann wieder, mit ihren Handschuhen zu spielen.
«Es ist ziemlich schwierig für mich, Monsieur Poirot. Ich habe Lady Astwell gegenüber Verpflichtungen. Streng genommen, bin ich nur ihre bezahlte Gesellschafterin und Sekretärin, aber sie hat mich mehr wie eine Tochter oder Nichte behandelt. Sie war außerordentlich freundlich zu mir. Und was für Fehler sie auch haben mag, ich möchte nicht den Anschein erwecken, als wolle ich ihre Handlungen kritisieren oder Sie etwa gegen die Übernahme des Falles beeinflussen.»
«Hercule Poirot läßt sich nicht beeinflussen, *cela ne se fait pas*», erklärte der kleine Mann mit heiterer Miene. «Wie ich sehe, glauben Sie, daß Lady Astwell Raupen im Kopf hat. Geben Sie es nur zu.»
«Wenn ich mich unbedingt dazu äußern soll –»
«Heraus mit der Sprache, Mademoiselle.»
«Ich finde es einfach töricht von ihr.»
«So, den Eindruck haben Sie also?»
«Ich möchte nichts gegen Lady Astwell sagen –»
«Ich verstehe, Mademoiselle, verstehe das vollkommen», murmelte Poirot sanft, aber seine Augen forderten sie auf, weiterzusprechen.
«Sie ist wirklich sehr anständig und äußerst gutmütig, aber sie ist nicht – wie soll ich mich nur ausdrücken? Sie ist eben keine gebildete Frau. Sie war ja Schauspielerin, ehe Sir Reuben sie heiratete, und hat alle möglichen Vorurteile und abergläubischen Ideen. Wenn sie sagt, etwas ist so und so, dann muß es so sein, und sie nimmt einfach keine Vernunft an. Der Inspektor war ihr gegenüber nicht sehr taktvoll, und das hat sie auf die Palme gebracht. Sie behauptet, es sei ein Blödsinn, Mr. Leverson zu verdächtigen. Solch einen dämlichen, halsstarrigen

Fehler könne nur die Polizei machen. Natürlich sei der gute Charles unschuldig.»
«Aber sie hat keine Gründe für ihre Behauptung, wie?»
«Überhaupt keine.»
«Na, so etwas!»
«Ich habe ihr gleich gesagt», erklärte Lily, «daß es keinen Zweck habe, Ihnen mit leeren Behauptungen zu kommen.»
«Wirklich? Das ist ja interessant.»
Er betrachtete sich Lily Margrave etwas genauer, und seinen scharfen Augen entging nichts. Er sah ihre Eleganz: das geschmackvolle schwarze Schneiderkostüm, die kostbare Crêpe-de-Chine-Bluse mit den feinen Fältchen, den schicken schwarzen Filzhut. Er sah das hübsche Gesicht mit dem etwas spitzen Kinn und die dunkelblauen Augen mit den langen Wimpern. Unmerklich änderte sich seine Einstellung. Er war jetzt interessiert, nicht so sehr an dem Fall wie an dem Mädchen, das ihm gegenübersaß.
«Lady Astwell ist wohl etwas unausgeglichen und neigt vielleicht ein wenig zu Hysterie, nicht wahr, Mademoiselle?»
Lily Margrave nickte eifrig.
«Ja, das ist wahr. Sie ist ja, wie gesagt, eine herzensgute Frau, aber es ist unmöglich, sie von etwas zu überzeugen oder ihr Logik beizubringen.»
«Vielleicht hat sie selbst jemanden in Verdacht», meinte Poirot, «irgend jemanden, der wahrscheinlich nicht in Frage kommt.»
«Das ist es ja gerade», rief Lily. «Sie hat plötzlich eine tiefe Abneigung gegen Sir Reubens Sekretär. Der arme Mann! Sie behauptet einfach, sie *wisse*, daß er es getan hat. Dabei hat es sich ziemlich einwandfrei erwiesen, daß er es überhaupt nicht gewesen sein *konnte*.»
«Und sie hat wirklich keine Unterlagen für diese Behauptung?»
«Selbstverständlich nicht. Bei ihr ist alles ‹Intuition›.»
Lily Margraves Stimme klang sehr höhnisch.
«Sie, Mademoiselle», sagte Poirot lächelnd, «glauben anscheinend nicht an Intuition?»
«Purer Unsinn!» erklärte Lily kategorisch.
Poirot lehnte sich in seinen Sessel zurück.
«Die Frauen», murmelte er, «bilden sich ein, daß es eine besondere Waffe ist, die ihnen der liebe Gott gegeben hat. Mal mö-

gen sie mit ihrer Eingebung recht haben, aber in neun von zehn Fällen irren sie sich.»

«Ich weiß», sagte Lily, «aber ich habe Ihnen Lady Astwell doch beschrieben. Sie läßt sich einfach nicht davon abbringen.»

«Und so kamen Sie, Mademoiselle, weise und diskret zu mir, wie man es Ihnen aufgetragen hatte, und brachten es fertig, mich in die Situation einzuweihen.»

Etwas im Ton seiner Stimme veranlaßte das Mädchen, wachsam aufzublicken.

«Ich weiß natürlich», sagte Lily in verständnisvollem Ton, «wie wertvoll Ihre Zeit ist.»

«Sie schmeicheln mir zu sehr, Mademoiselle», sagte Poirot, «aber es stimmt allerdings. Im Augenblick habe ich viele wichtige Fälle vorliegen.»

«Das hatte ich mir bereits gedacht», sagte Lily und erhob sich. «Ich werde Lady Astwell sagen –»

Aber Poirot stand nicht auf. Er lehnte sich in den Sessel zurück und sah das Mädchen fest an.

«Sie scheinen es sehr eilig zu haben, Mademoiselle. Nehmen Sie, bitte, doch noch einen Moment Platz.»

Er sah sie erröten und dann erblassen. Langsam und unwillig setzte sie sich wieder hin.

«Sie sind rasch und entschieden, Mademoiselle», sagte Poirot. «Sie müssen Rücksicht nehmen auf einen alten Mann, der langsam zu einem Entschluß kommt. Sie haben mich falsch verstanden, Mademoiselle, ich habe nicht gesagt, daß ich mich weigere, Lady Astwell aufzusuchen.»

«Dann wollen Sie also kommen?»

Ihre Stimme klang nicht gerade begeistert. Sie vermied es, Poirot anzusehen, und blickte zu Boden. Auf diese Weise merkte sie nicht, wie scharf und forschend er sich betrachtete.

«Bestellen Sie Lady Astwell, Mademoiselle, daß ich ihr ganz zur Verfügung stehe. Ich werde heute nachmittag in ihrem Hause ‹Mon Repos› sein.»

Er erhob sich, und das Mädchen stand ebenfalls auf.

«Ich – ich werde es ihr sagen. Es ist ja sehr freundlich von Ihnen, daß Sie kommen wollen, Monsieur Poirot, aber ich fürchte nur, Sie werden finden, daß Sie sich vergeblich bemüht haben.»

«Sehr wahrscheinlich – aber wer weiß?»

Mit ausgesuchter Höflichkeit begleitete er sie zur Tür und kehrte dann mit gefurchter Stirn und tief in Gedanken versunken in sein Wohnzimmer zurück. Er nickte ein paarmal vor sich hin. Dann öffnete er die Tür und rief seinen Diener.
«Mein guter George, packen Sie mir doch, bitte, den kleinen Koffer. Ich fahre heute nachmittag aufs Land.»
«Sehr wohl, Sir», sagte George, ein ausgesprochen englischer Typ: groß, bleich und besonnen.
«Ein junges Mädchen ist ein sehr interessantes Phänomen, George», sagte Poirot, während er sich noch einmal in den Sessel fallen ließ und eine winzige Zigarette anzündete. «Besonders, wenn sie Verstand hat. Jemanden um etwas zu bitten und ihn gleichzeitig von der Erfüllung der Bitte abzuhalten, ist eine delikate Operation, die feines Fingerspitzengefühl voraussetzt. Sie war geschickt, die Kleine, o ja, sehr geschickt, aber Hercule Poirot, mein guter George, ist eben von ganz ungewöhnlicher Klugheit.»
«Das haben Sie, glaube ich, schon einmal erwähnt», sagte George ziemlich trocken.
«Es ist nicht der Sekretär, den sie im Auge hat», murmelte Poirot nachdenklich. «Lady Astwells Anschuldigung gegen ihn erweckt nur ihre Verachtung. Trotz alledem ist sie sehr darauf bedacht, schlafende Hunde ruhen zu lassen. Ich aber, mein guter George, werde sie im Schlafe stören. Ich werde sie aufeinanderhetzen. Ein Drama spielt sich ab in ‹Mon Repos›. Ein menschliches Drama, das mich erregt. Oh, sie war geschickt, die Kleine, aber nicht geschickt genug. Was werde ich dort vorfinden? Das möchte ich wirklich wissen.»
Diesen Worten folgte eine dramatische Pause, die George mit der diskreten Frage unterbrach:
«Soll ich Ihren Abendanzug einpacken, Sir?»
Poirot sah ihn traurig an.
«Immer diese Konzentration! Von Ihrer Arbeit lassen Sie sich wohl durch nichts ablenken. Aber ich glaube, Sie sind wie für mich geschaffen, George.»

Als der 5-Uhr-Zug in Abbots Cross einlief, stieg ein etwas stutzerhaft gekleideter Hercule Poirot mit steif gewachstem Schnurrbart aus. Kaum hatte er seine Fahrkarte an der Sperre abgegeben, als er von einem großen Chauffeur in Empfang genommen wurde, der ihn in einer eleganten Rolls-Royce-Limousine verstaute. Nach kaum drei Minuten hielt der Wagen schon vor dem Hause. Der Chauffeur öffnete den Schlag, und Poirot stieg aus. Der Butler hatte bereits die Haustür geöffnet. Bevor Poirot eintrat, ließ er schnell einen abschätzenden Blick über das Haus gleiten. Es war ein großes, solide gebautes Herrenhaus aus rotem Backstein, das zwar keinen Anspruch auf Schönheit erhob, dafür aber sehr behaglich zu sein schien.

Poirot trat in die Halle. Der Butler nahm ihm zuvorkommend Hut und Mantel ab und sagte leise, mit jener ehrerbietigen Nuance, die nur von den besten Dienern getroffen wird:

«Ihre Ladyship erwartet Sie, Sir.»

Poirot folgte dem Butler die mit weichen Läufern belegten Treppen hinauf. Er dachte im stillen: dies ist sicher Parsons, ein gut trainierter Diener, dessen Benehmen keinerlei Gefühle verrät. Sie kamen in ein kleines Vorzimmer mit zwei Türen. Die linke davon öffnete der Butler und meldete:

«Monsieur Poirot, Mylady.»

Das Zimmer war verhältnismäßig klein und vollgestopft mit Möbeln und Krimskrams aller Art. Eine schwarzgekleidete Frau erhob sich von einem Sofa und kam rasch auf ihn zu.

«Monsieur Poirot», sagte sie mit ausgestreckter Hand, wobei ihr Blick schnell über die geckenhafte Figur glitt. Sie schwieg einen Augenblick, ohne Poirots Verbeugung und sein gemurmeltes «Mylady» zu beachten. Dann drückte sie ihm plötzlich kräftig die Hand und rief aus:

«Ich halte viel von kleinen Männern! Das sind die Klugen.»

«Inspektor Miller», sagte Poirot leise, «ist wohl ein großer Mann, wie?»

«Er ist ein aufgeblasener Idiot!» sagte Lady Astwell. «Kommen Sie, Monsieur Poirot, und setzen Sie sich zu mir.»

Sie deutete auf ein Sofa und fuhr fort:

«Lily hat alles versucht, um mich von dem Gedanken abzubringen, Sie kommen zu lassen. Aber ich bin schließlich alt genug, um zu wissen, was ich will.»

«Eine seltene Gabe», sagte Poirot und folgte ihr zum Sofa.

Lady Astwell machte es sich in den Kissen bequem und wandte sich Poirot zu.

«Lily ist ja ein nettes Mädchen», sagte Lady Astwell, «aber sie meint, sie wisse alles. Nach meiner Erfahrung haben solche Leute meistens unrecht. Ich bin nicht klug, Monsieur Poirot, bin's auch noch nie gewesen, aber ich habe oft recht, wo eine klügere Person unrecht hat. Ich glaube an eine unsichtbare Hand. Wollen Sie nun von mir hören, wer der Mörder ist, oder nicht? Eine Frau weiß das, Monsieur Poirot.»
«Weiß es Miss Margrave ebenfalls?»
«Was hat sie Ihnen gesagt?» fragte Lady Astwell in scharfem Ton.
«Sie hat mich mit den Tatsachen vertraut gemacht.»
«Tatsachen? Die sprechen natürlich ganz gegen Charles. Ich sage Ihnen aber, Monsieur Poirot, er hat es nicht getan. Das *weiß* ich bestimmt!»

Sie sagte das mit einem fast beunruhigenden Ernst.
«Sie sind anscheinend Ihrer Sache ganz sicher, Lady Astwell.»
«Trefusis hat meinen Mann getötet, Monsieur Poirot. Davon bin ich felsenfest überzeugt.»
«Warum?»
«Meinen Sie, warum er ihn getötet hat, oder warum ich davon überzeugt bin? Ich sage Ihnen, ich *weiß* es! Ich bin darin etwas komisch. Ich habe sofort die Idee gehabt und lasse mich auch nicht davon abbringen.»
«Hat Mr. Trefusis durch Sir Reubens Tod irgendwelche Vorteile?»
«Keinen Pfennig hat er ihm vermacht», erwiderte Lady Astwell prompt. «Der deutlichste Beweis, daß der gute Reuben nicht viel für ihn übrig gehabt und kein großes Vertrauen in ihn gesetzt hat.»
«Hat er denn schon lange für Sir Reuben gearbeitet?»
«Fast neun Jahre.»
«Das ist eine lange Zeit», sagte Poirot leise, «eine sehr lange Zeit! Ja, da muß Mr. Trefusis seinen Herrn gut gekannt haben.»
Lady Astwell starrte ihn an.
«Was wollen Sie damit sagen? Ich verstehe nicht, was das damit zu tun hat.»
«Ich habe nur eine kleine Idee verfolgt», sagte Poirot, «eine

kleine, vielleicht nicht sehr interessante, aber originelle Idee über die Auswirkungen einer langen Dienstzeit.»
Lady Astwell starrte ihn immer noch verständnislos an.
«Sie sind doch wirklich sehr klug, nicht wahr?» fragte sie in etwas zweifelndem Ton. «Alle sagen es ja.»
Hercule Poirot mußte lachen.
«Vieleicht werden auch Sie, Madame, mir eines Tages dieses Kompliment machen. Befassen wir uns jedoch ein wenig mit dem Motiv für die Tat. Erzählen Sie mir zunächst einmal etwas über Ihren Haushalt. Wer war zum Beispiel an jenem tragischen Tage im Hause?»
«Charles natürlich.»
«Wenn ich nicht irre, ist er nicht Ihr Neffe, sondern der Neffe Ihres Gatten, nicht wahr?»
«Ja, Charles ist der einzige Sohn von Sir Reubens Schwester. Sie heiratete einen verhältnismäßig reichen Mann. Aber dann kam einer jener Börsenkrache — wie sie ja nun mal in der City passieren — und ihr Vermögen war weg. Die Eltern starben, und Charles kam zu uns. Er war damals dreiundzwanzig und wollte Rechtsanwalt werden. Aber Reuben nahm ihn zu sich ins Büro.»
«War Monsieur Charles sehr fleißig?»
«Sie haben den Nagel auf den Kopf getroffen! Sie sind aber schnell von Begriff, das macht mir Spaß», sagte Lady Astwell und nickte wohlgefällig mit dem Kopf. «Nein, Charles war *nicht* fleißig. Das war ja gerade der Kummer. Er hatte ständig Krach mit seinem Onkel wegen irgendeines Kuddelmuddels, den er im Geschäft angerichtet hatte. Es war allerdings auch nicht leicht, mit Sir Reuben auszukommen. Wie oft habe ich ihn daran erinnern müssen, daß er auch mal jung war. In seiner Jugend war er nämlich anders, Monsieur Poirot.»
Lady Astwell seufzte in seliger Erinnerung.
«Die Menschen ändern sich, Mylady», sagte Poirot. «Das ist nun mal der Lauf der Dinge.»
«Immerhin», sagte Lady Astwell, «war er mir gegenüber eigentlich nie richtig grob. Oder wenn es mal vorkam, hat es ihm hinterher stets leid getan. Armer alter Reuben!»
«Er war also etwas schwierig, wie?» fragte Poirot.
«Ich konnte immer mit ihm fertig werden», erwiderte Lady

Astwell mit der Miene eines erfolgreichen Löwenbändigers. «Aber ziemlich unangenehm war's manchmal, wenn er mit den Dienstboten aneinandergeriet. Man muß sie zu nehmen wissen. Reuben verstand das nicht.»

«Wem hat Sir Reuben sein Vermögen hinterlassen, Lady Astwell?»

«Charles und mir zu gleichen Teilen», erwiderte Lady Astwell prompt. «Die Rechtsanwälte drücken sich zwar nicht so einfach aus, aber das ist der Sinn der Sache.»

Poirot nickte.

«So, so», murmelte er. «Nun, Lady Astwell, möchte ich, daß Sie mir den Haushalt beschreiben. Sie selbst waren also da, Sir Reubens Neffe Charles Leverson, der Sekretär Mr. Owen Trefusis und Miss Lily Margrave. Vielleicht können Sie mir etwas über diese junge Dame sagen.»

«Über Lily wollen Sie etwas hören?»

«Ja, ist sie schon lange bei Ihnen?»

«Ungefähr ein Jahr. Wissen Sie, ich habe ja eine ganze Reihe von Gesellschafterinnen gehabt, aber irgendwie sind sie mir alle auf die Nerven gefallen. Lily war anders. Taktvoll und vernünftig. Außerdem sieht sie sehr nett aus. Ich habe gern hübsche Menschen um mich herum, Monsieur Poirot. Ich bin eine komische Person. Bei mir ist es Abneigung oder Zuneigung auf den ersten Blick. Sobald ich das Mädchen sah, sagte ich: die gefällt mir.»

«Haben Sie sie durch Vermittlung von Freunden bekommen?»

«Ich glaube, auf eine Anzeige hin. Ja, das stimmt.»

«Ist Ihnen etwas über ihre Familie bekannt? Wissen Sie, woher sie kommt?»

«Soviel ich weiß, sind ihre Eltern in Indien. Viel weiß ich allerdings nicht von ihnen. Aber man kann auf den ersten Blick sehen, daß sie eine Dame ist, nicht wahr, Monsieur Poirot?»

«O ja, durchaus.»

«Ich selbst bin keine Dame», fuhr Lady Astwell fort. «Das weiß ich, und die Diener wissen es. Aber ich bin nicht mißgünstig, sondern habe die größte Achtung vor einer wirklichen Dame, wenn sie mir begegnet. Und niemand hätte netter zu mir sein können als Lily. Ich betrachte das Mädchen wirklich fast wie eine Tochter, Monsieur Poirot.»

«Hat Sir Reuben dieses Gefühl geteilt?» fragte er.
Obwohl Poirot eingehend die Nippsachen vor sich auf dem Tisch zu betrachten schien, entging ihm nicht die kleine Pause vor Lady Astwells Antwort.
«Bei einem Mann ist das wieder anders. Natürlich sind sie – ganz gut miteinander ausgekommen.»
Poirot lächelte vor sich hin.«Und waren das die einzigen Leute außer der Dienerschaft, die in jener Nacht im Hause waren?»
«O nein, Victor war auch noch da.»
«Wer ist Victor?»
«Der Bruder meines Mannes und gleichzeitig sein Partner.»
«Wohnte er hier bei Ihnen?»
«Nein, er war gerade zu Besuch gekommen. Während der letzten Jahre hielt er sich in Westafrika auf.»
«Westafrika», sagte Poirot vor sich hin.
Er hatte bereits erkannt, daß Lady Astwell mit Sicherheit von sich aus ein Thema weiterentwickeln würde, wenn man sie nur gewähren ließ.
«Es heißt ja, es sei ein wunderbares Land. Aber meiner Meinung nach hat es einen schlechten Einfluß auf einen Mann. Sie trinken dort zuviel und werden infolgedessen zügellos. Keiner der Astwells hat eine sanfte Natur, aber Victor ist seit seiner Rückkehr aus Afrika geradezu unbeherrscht – einfach schrecklich! Ein paarmal hat er mir richtig Angst eingejagt.»
«Hat er wohl Miss Margrave auch in Angst versetzt?»
«Lily? Ach, ich glaube nicht, daß er oft mit ihr zusammengekommen ist.»
Poirot machte sich in einem winzigen Büchlein ein paar Notizen. Dann schob er den Bleistift sorgfältig wieder in die dafür bestimmte Öse und das Notizbuch in die Tasche.
«Verbindlichsten Dank, Lady Astwell. Wenn Sie gestatten, möchte ich nun mit Parsons sprechen.»
«Soll er zu uns heraufkommen?» Lady Astwells Hand bewegte sich schon nach der Klingel. Doch Poirot winkte schnell ab.
«Nein, nein und abermals nein! Ich werde zu ihm hinabsteigen.»
«Wenn Sie es für richtiger halten –»
«Es muß so sein», sagte er mit mysteriöser Miene und machte damit den gewünschten Eindruck auf Lady Astwell.

Poirot fand Parsons in der Anrichte, wo er das Silber putzte, und verbeugte sich in seiner komischen Art.

«Damit Sie wissen, mit wem Sie es zu tun haben – ich bin ein Detektiv.»

«Ja, Sir», sagte Parsons, «das haben wir uns schon gedacht.»

Sein Ton war respektvoll, aber ablehnend.

«Lady Astwell hat mich kommen lassen», fuhr Poirot fort. «Sie ist nicht davon überzeugt, daß Mr. Leverson der Täter ist. Ganz im Gegenteil.»

«Ihre Ladyship hat das bereits öfters zum Ausdruck gebracht», bemerkte Parsons.

«Anscheinend unterhalten wir uns nur über Dinge, die Ihnen bereits bekannt sind, nicht wahr? Also wollen wir keine Zeit mehr mit Bagatellen verschwenden. Nehmen Sie mich mit in Ihr Schlafzimmer, wenn Sie so gut sein wollen, und erzählen Sie mir genau, was Sie dort in der Mordnacht gehört haben.»

Das Zimmer des Butlers lag zu ebener Erde, neben dem Dienstbotenzimmer. Die Fenster waren vergittert, und in einer Ecke stand ein Stahlschrank. Parsons lud Poirot ein, sich auf das schmale Bett zu setzen.

«Ich hatte mich um elf Uhr schlafen gelegt. Miss Margrave war ebenfalls zu Bett gegangen, und Lady Astwell war mit Sir Reuben im Turmzimmer.»

«So, Lady Astwell war also bei Sir Reuben im Turmzimmer? Fahren Sie bitte fort.»

«Das Turmzimmer, Sir, liegt direkt über diesem Raum. Wird dort gesprochen, so kann man wohl ein Stimmengemurmel hören, aber natürlich nicht, was gesagt wird. Ich muß ungefähr um halb zwölf eingeschlafen sein. Es war gerade zwölf, als ich durch das Zuschlagen der Haustür geweckt wurde, und ich wußte, daß Mr. Leverson nach Hause gekommen war. Kurz darauf hörte ich Schritte über mir und ein paar Minuten später Mr. Leversons Stimme im Gespräch mit Sir Reuben.

Ich hatte damals den Eindruck, daß Mr. Leverson nicht gerade betrunken, aber – sagen wir mal – etwas arrogant und laut war. Er schrie seinen Onkel aus voller Kehle an. Ich konnte wohl gelegentlich ein paar Worte verstehen, aber nicht genug, um zu wissen, worum es ging. Zuletzt hörte ich einen scharfen Schrei und einen schweren Aufprall.»

Nach einer kurzen Pause wiederholte Parsons die letzte Worte: «Einen schweren Aufprall», sagte er nachdenklich.

«Wenn ich nicht irre, so ist es in den meisten Romanen ein *dumpfer* Aufprall», murmelte Poirot.

«Mag sein, Sir», sagte Parsons mit strenger Miene. «Dies war aber ein *schwerer* Aufprall.»

«Ich bitte Sie tausendmal um Verzeihung», sagte Poirot.

«Keine Ursache, Sir. In der Stille nach dem Aufprall hörte ich Mr. Leversons Stimme ganz deutlich. ‹Mein Gott›, sagte er mit erschrockener Stimme. ‹Mein Gott›, genau in diesem Tonfall, Sir.»

Parsons, der erst gar nicht mit der Sprache herauswollte, bekam nun richtig Geschmack am Reden. Er kam sich in seiner Rolle als Erzähler ganz wichtig vor, und Poirot half tüchtig nach.

«*Mon Dieu*», murmelte er, «wie muß Ihnen bloß dabei zumute gewesen sein!»

«Das kann man wohl sagen, Sir. Erst dachte ich mir ja nicht viel dabei. Dann aber schien mir die Sache nicht ganz geheuer, und ich dachte, es sei doch wohl besser, ich stehe auf und sehe nach. Ich knipste das Licht an und stieß leider dabei einen Stuhl um.

Dann ging ich durch das Dienstbotenzimmer auf den Flur, von dem die Hintertreppe nach oben führt. Als ich einen Augenblick zögernd am Fuße der Treppe stand, hörte ich Mr. Leversons Stimme von oben. ‹Zum Glück noch mal gut gegangen! Gute Nacht!› sagte er, und es klang ganz heiter und herzlich. Dann ging er pfeifend den Korridor entlang zu seinem Zimmer. Ich ging natürlich sofort wieder zu Bett. Etwas umgefallen, dachte ich, das ist alles. Nun frage ich Sie, Sir, wie konnte ich denn ahnen, daß Sir Reuben ermordet worden war, wo Mr. Leverson doch noch gute Nacht gesagt hatte?»

«Sind Sie sicher, daß es Mr. Leversons Stimme war, die Sie gehört hatten?»

Parsons sah den kleinen Belgier mitleidsvoll an, und Poirot erkannte deutlich, daß Parsons darauf bestehen würde, komme, was wolle.

«Möchten Sie sonst noch etwas von mir wissen, Sir?»

«Ja, ich habe noch eine Frage: ist Ihnen Mr. Leverson sympathisch?»

«Wie meinen Sie das, Sir?»

«Es ist eine einfache Frage. Ist Ihnen Mr. Leverson sympathisch?»

Parsons, den die Frage zuerst stutzig gemacht hatte, schien nun etwas verlegen.

«Im Dienstbotenzimmer herrscht die Meinung», begann er und hörte gleich wieder auf.

«Ganz recht, drücken Sie es nur so aus, wenn Ihnen das lieber ist», sagte Poirot.

«Wie gesagt, dort ist man der Ansicht, daß Mr. Leverson ein freigebiger junger Mann ist, aber nicht – wenn ich mich so ausdrücken darf – besonders intelligent, Sir.»

«Aha», sagte Poirot, «wissen Sie was, Parsons, genau so schätze ich Mr. Leverson ein, obwohl ich ihn noch gar nicht gesehen habe.»

«Wirklich, Sir?»

«Was halten Sie – Verzeihung – was hält das Dienstbotenzimmer von dem Sekretär?»

«Er ist sehr ruhig und geduldig, Sir, immer darauf bedacht, keine Mühe zu verursachen.»

«*Vraiment*», sagte Poirot.

Der Butler räusperte sich.

«Ihre Ladyship, Sir», murmelte er, «ist oft etwas hastig in ihrem Urteil.»

«Dann hat also nach Ansicht des Dienstbotenzimmers Mr. Leverson das Verbrechen begangen?»

«Keiner von uns möchte Mr. Leverson für den Täter halten», sagte Parsons. «Wir haben ihm – offen gestanden – gar nicht zugetraut, daß er so etwas überhaupt fertigbrächte, Sir.»

«Er hat aber doch ein ziemlich hitziges Temperament, nicht wahr?» fragte Poirot.

Parsons kam etwas näher.

«Wenn Sie mich fragen, wer das hitzigste Temperament im Hause hatte –»

Poirot hob die Hand.

«Ah! Aber diese Frage würde ich nicht stellen», sagte er leise. «Meine Frage würde lauten: wer hat das sanfteste Temperament?»

Parsons starrte ihn mit offenem Munde an.

Poirot verschwendete keine Zeit mehr mit ihm. Mit einer kleinen liebenswürdigen Verbeugung – er war stets liebenswürdig – verließ er das Zimmer und wanderte in die große viereckige Halle von «Mon Repos». Hier stand er ein paar Minuten, in Gedanken versunken. Dann vernahm er ein leises Geräusch und reckte den Hals wie ein keckes Rotkehlchen. Schließlich ging er auf leisen Sohlen auf eine der vielen Türen zu.
Er stand im Türrahmen und sah in ein kleines Zimmer, das wie eine Bibliothek ausgestattet war. An einem großen Schreibtisch im Hintergrund des Zimmers saß ein dünner, blasser junger Mann mit zurückweichendem Kinn der einen Kneifer auf der Nase trug und eifrig am Schreiben war.
Poirot beobachtete ihn eine Weile. Dann räusperte er sich etwas theatralisch, um sich bemerkbar zu machen.
Der junge Mann am Tisch hörte auf zu schreiben und drehte sich um. Er schien nicht übermäßig erschrocken zu sein, aber er blickte etwas bestürzt drein, als er Poirot in der Tür sah.
Dieser trat nun mit einer kleinen Verbeugung ins Zimmer.
«Ich habe wohl die Ehre, mit Mr. Trefusis zu sprechen, ja? Mein Name ist Poirot, Hercule Poirot. Vielleicht haben Sie schon von mir gehört.»
«O ja – hm, ja, gewiß», sagte der junge Mann.
Poirot sah ihn aufmerksam an.
Owen Trefusis war ungefähr dreiunddreißig Jahre alt, und der Detektiv sah auf den ersten Blick, warum niemand geneigt war, Lady Astwells Anschuldigung ernst zu nehmen. Mr. Owen Trefusis war ein sittsamer, pedantischer junger Mann, übertrieben sanftmütig – der Typ, der systematisch drangsaliert werden kann und auch wird. Man konnte ganz sicher sein, daß er seinen Groll immer hinunterschlucken würde.
«Lady Astwell hat Sie natürlich kommen lassen», sagte der Sekretär. «Sie hat jedenfalls von dieser Absicht gesprochen. Kann ich Ihnen irgendwie behilflich sein?»
Er war höflich, ohne überschwenglich zu sein. Poirot nahm Platz und fragte mit sanfter Stimme:
«Hat Lady Astwell mit Ihnen über ihre Ansichten und Verdächtigungen gesprochen?»
Owen Trefusis lächelte ein wenig.
«Was das angeht, so glaube ich, sie verdächtigt mich. Lächerlich

natürlich, aber es läßt sich nicht ändern. Seit jenem Abend hat sie kein freundliches Wort mit mir gesprochen, und wenn wir uns irgendwo im Hause begegnen, weicht sie ängstlich vor mir zurück.»

Sein Benehmen war ganz natürlich. Er schien mehr amüsiert als zornig zu sein. Poirot nickte mit gewinnender Offenheit.

«Unter uns gesagt», erklärte er, «hat sie mir das auch erzählt. Ich habe nicht mit ihr darüber diskutiert – habe es mir längst zur Regel gemacht, mich niemals mit sehr rechthaberischen Damen in eine Diskussion einzulassen. Das ist Zeitverschwendung, nicht wahr?»

«Oh, ganz und gar.»

«Ich sage: ja, Mylady – selbstverständlich, Mylady – *précisément*, Mylady. Belanglose Worte, aber sie wirken kolossal beruhigend. Dann gehe ich vorurteilsfrei an den Fall heran. Es scheint zwar fast unmöglich, daß jemand anders als Mr. Leverson als Täter in Frage kommen könnte. Doch – nun ja, das Unmögliche ist halt manchmal doch schon eingetreten.»

«Ich habe volles Verständnis für Ihre Position und stehe Ihnen ganz zur Verfügung.»

«Bon», sagte Poirot, «wir verstehen einander. Nun schildern Sie mir die Ereignisse jener Nacht. Am besten fangen Sie mit dem Abendessen an.»

«Wie Ihnen zweifellos bekannt, ist, war Leverson nicht da zum Essen. Er hatte eine ernsthafte Auseinandersetzung mit seinem Onkel gehabt und das Haus verlassen, um im Golfklub zu speisen. Sir Reuben war infolgedessen in sehr schlechter Stimmung.»

«Nicht allzu liebenswürdig, *ce Monsieur*, was?» warf Poirot als leisen Wink dazwischen.

Trefusis lachte.

«Ein Brausekopf, kann ich Ihnen nur sagen! Nicht umsonst habe ich neun Jahre für ihn gearbeitet. Ich kenne ihn von innen und von außen. Es war außerordentlich schlecht mit ihm umzugehen, Monsieur Poirot. Er bekam oft kindische Wutanfälle und beschimpfte jeden, der ihm in die Quere kam. Ich hatte mich mittlerweile ja daran gewöhnt und machte mir schon gar nichts mehr daraus, wenn er mich abkanzelte. Im Grunde genommen war er kein schlechter Mensch, aber er führte sich manchmal höchst lächerlich auf und konnte einen zur Verzweiflung bringen. Das beste war, ihm nie zu widersprechen.»

«Waren die anderen in dieser Hinsicht auch so weise wie Sie?»

Trefusis zuckte die Achseln.

«Lady Astwell hat sich ganz gern mal mit Sir Reuben gezankt. Sie hat sich auch nichts gefallen lassen und ist ihm keine Antwort schuldig geblieben. Hinterher haben sie sich immer schnell wieder ausgesöhnt. Sir Reuben hat sie wirklich sehr gern gehabt.»

«Haben die beiden sich am letzten Abend gestritten?»

Der Sekretär sah ihn von der Seite an und sagte nach kurzem Zaudern:

«Ich glaube, ja. Weshalb fragen Sie?»

«Nur so ein Gedanke – weiter nichts.»

«Ich kann es natürlich nicht mit Bestimmtheit sagen», erklärte der Sekretär, «aber es sah so aus, als ob ein Gewitter aufziehe.»

Poirot verfolgte das Thema nicht weiter.

«Wer war sonst noch beim Essen?»

«Miss Margrave, Mr. Victor Astwell und ich.»

«Und nachher?»

«Nachher gingen wir in den Salon. Sir Reuben begleitete uns nicht. Etwa zehn Minuten später erschien er auf der Bildfläche und kanzelte mich gehörig ab. Eine Bagatelle wegen eines Briefes. Ich ging mit ihm ins Turmzimmer und brachte die Sache in Ordnung. Mr. Victor Astwell kam dann hinzu und sagte, er habe etwas mit seinem Bruder zu besprechen. Also ging ich wieder hinunter zu den beiden Damen.

Etwa eine Viertelstunde später hörte ich Sir Reubens Schelle heftig klingeln, und Parsons richtete mir aus, ich möchte sofort zu Sir Reuben kommen. Als ich ins Zimmer trat, kam Victor Astwell gerade heraus und hat mich beinahe noch umgerannt. Offenbar war etwas Aufregendes passiert. Er ist auch ein ziemlicher Hitzkopf. Ich glaube, er hat mich gar nicht mal gesehen.»

«Hat Sir Reuben etwas darüber verlauten lassen?»

«Ja, er sagte zu mir: ‹Victor ist wahnsinnig. Er wird noch mal jemanden umbringen, wenn er einen seiner Wutanfälle bekommt.›»

«Aha», sagte Poirot. «Haben Sie eine Ahnung, worum es sich handelte?»

«Darüber ist mir nichts bekannt.»
Poirot wandte sich sehr langsam um und blickte den Sekretär an. Die letzten Worte waren etwas zu hastig geäußert. Er kam zu der Überzeugung, daß Trefusis mehr sagen könnte, wenn er wollte. Aber wiederum ging Poirot darüber hinweg.
«Und dann? Fahren Sie bitte fort.»
«Ich habe etwa eine halbe Stunde mit Sir Reuben gearbeitet. Um elf Uhr kam Lady Astwell herein, und Sir Reuben sagte, ich könne zu Bett gehen.»
«Sind Sie zu Bett gegangen?»
«Ja.»
«Wissen Sie, wie lange Lady Astwell bei Sir Reuben geblieben ist?»
«Keine Ahnung. Ihr Zimmer befindet sich im ersten Stock und meines im zweiten. Ich konnte also nicht hören, wann sie zu Bett ging.»
«Allerdings.»
Poirot nickte mit dem Kopf und sprang auf.
«Und nun, Monsieur, führen Sie mich bitte ins Turmzimmer.
Er folgte dem Sekretär über die breite Treppe bis zum ersten Stock, dann den Korridor entlang, durch eine Polstertür, die zu den Dienstbotenzimmern und zu einem kurzen Gang führte, der in einer Tür endete. Durch diese Tür betraten sie den Tatort.
Es war ein hoher Raum – ungefähr doppelt so hoch wie alle anderen und etwa zehn Meter im Quadrat. Speere und Schwerter schmückten die Wände, und viele afrikanische Raritäten lagen und standen auf Tischen herum. Weiter hinten, in der Fensternische, stand ein großer Schreibtisch. Poirot ging direkt darauf zu.
«Hier hat man also Sir Reuben gefunden?»
Trefusis nickte zustimmend.
«Wenn ich recht verstanden habe, wurde er von hinten erschlagen, nicht wahr?»
Wieder nickte der Sekretär.
«Das Verbrechen ist mit einer dieser Eingeborenenkeulen begangen worden», erklärte er. «Ein ungeheuer schweres Ding! Der Tod muß praktisch sofort eingetreten sein.»
«Das spricht dafür, daß das Verbrechen nicht geplant war. Ein

heftiger Wortwechsel, und impulsiv griff man zur ersten besten Waffe.»

«Ja, es sieht für den armen Leverson nicht gerade rosig aus.»

«Und wie lag die Leiche? War sie vornüber auf den Schreibtisch gefallen?»

«Nein, sie war seitwärts zu Boden geglitten.»

«Oh», sagte Poirot, «das ist aber merkwürdig.»

«Warum merkwürdig?» fragte der Sekretär.

«Darum», sagte Poirot und wies auf einen runden, unregelmäßigen Fleck auf der polierten Schreibtischplatte. «Das ist ein Blutfleck, *mon ami.*»

«Es mag dorthin gespritzt sein», meinte Trefusis, «oder der Fleck kann später gemacht worden sein, als man die Leiche aufhob.»

«Möglich, sehr gut möglich», murmelte der kleine Mann. «Hat dieses Zimmer nur eine Tür?»

«Hier ist noch eine Treppe.»

Trefusis zog in der Ecke unmittelbar neben der Tür einen Samtvorhang zur Seite, hinter dem eine kleine Wendeltreppe nach oben führte.

«Dieses Haus war ursprünglich von einem Astronomen gebaut worden, und diese Treppe führte zum Turm, wo das Teleskop aufgestellt war. Sir Reuben hatte sich da oben ein Schlafzimmer eingerichtet, wo er manchmal schlief, wenn er bis spät in die Nacht hinein arbeitete.»

Poirot sprang behende die Stufen empor. Das runde Zimmer oben war einfach eingerichtet. Es enthielt nur ein Feldbett, einen Stuhl und einen Ankleidetisch. Poirot überzeugte sich, daß kein anderer Ausgang vorhanden war, und stieg dann wieder hinab zu dem unten wartenden Trefusis.

«Haben Sie Mr. Leverson zurückkommen hören?»

Trefusis schüttelte den Kopf.

«Ich war bereits eingeschlafen.»

Poirot nickte und sah langsam im Zimmer umher.

«Eh bien!» sagte er schließlich. «Hier ist wohl weiter nichts. Halt, einen Augenblick noch! Würden Sie so gut sein und die Vorhänge zuziehen?»

Gehorsam zog Trefusis die schweren schwarzen Vorhänge vor das Fenster am anderen Ende des Zimmers. Poirot schaltete das

Licht ein, und eine große, von der Decke herabhängende Alabasterschale flammte auf.
«Es war doch wohl auch eine Tischlampe da, nicht wahr?»
Als Antwort knipste der Sekretär eine Leselampe mit grünem Schirm und starker Birne auf dem Schreibtisch an.
Poirot drehte die Deckenbeleuchtung aus, nochmals an und dann wieder aus.
«*C'est bien!* Ich bin fertig.»
«Gegessen wird um halb acht», murmelte der Sekretär.
«Ich danke Ihnen, Mr. Trefusis, für Ihre vielen Gefälligkeiten.»
«Keine Ursache.»
Poirot ging nachdenklich den Korridor entlang zu dem ihm angewiesenen Zimmer, wo der unerschütterliche George bereits Poirots Abendanzug zurechtgelegt hatte.
«Mein guter George», sagte Poirot kurz darauf, «beim Essen treffe ich hoffentlich einen Herrn, der meine Neugierde in hohem Maße reizt. Es ist ein Mann, der aus den Tropen heimgekehrt ist, George. Mit einem Tropenkoller – wie man zu sagen pflegt. Ein Mann, über den Parsons gern mit mir sprechen möchte, den Lily Margrave aber nicht erwähnt. Der verstorbene Sir Reuben hatte seinen eigenen Koller. Wenn zwei solche Bollerköpfe aneinandergeraten, dann müßte doch – wie sagt man hierzulande? – das Fell fliegen, was?»
«‹Die Federn fliegen› ist der korrekte Ausdruck, Sir, und das ist auch nicht immer der Fall. Keineswegs.»
«Nein?»
«Nein, Sir. Ich denke dabei an meine Tante Jemima. Eine böse Keifzange war das! Hackte dauernd auf ihrer Schwester herum – ganz fürchterlich! Hat sie beinahe zu Tode gequält mit ihrem ewigen Gezeter. Lief ihr aber jemand über den Weg, der ihr mit gleicher Münze heimzahlte, dann war sie auf einmal ganz anders. Nur sanfte Menschen konnte sie nicht um sich haben.»
«Ha», rief Poirot aus, «das bringt mich auf eine Idee.»
George räusperte sich diskret.
«Kann ich irgend etwas tun», fragte er mit großem Taktgefühl, «um Ihnen behilflich zu sein?»
«Ja, gewiß», erwiderte Poirot prompt. «Sie können für mich ausfindig machen, welche Farbe das Abendkleid hatte, das Lily

Margrave an jenem Abend trug, und welches Hausmädchen sie bedient.»
George nahm diese Aufträge mit seiner gewohnten Seelenruhe entgegen.
«Sehr wohl, Sir. Morgen früh werde ich Sie darüber informieren.»
Poirot erhob sich aus seinem Sessel und starrte in die Glut des Kaminfeuers.
«Sie tun mir gute Dienste, George», murmelte er. «Wissen Sie was? Ich werde Ihre Tante Jemima nicht vergessen.»

Poirots Erwartung, Victor Astwell am Abend zu treffen, erfüllte sich letzten Endes doch nicht. Er telefonierte, er sei gezwungen, in London zu bleiben.
«Er kümmert sich wohl um die Angelegenheiten Ihres verstorbenen Gatten, nicht wahr?» fragte Poirot Lady Astwell.
«Victor ist Teilhaber. Er ging nur nach Afrika, um einige Minenkonzessionen für die Firma zu prüfen. Es handelte sich doch um Minen, nicht wahr, Lily?»
«Ja, Lady Astwell.»
«Goldminen, glaube ich, oder waren es Kupfer- oder Zinnminen? Sie sollten das eigentlich wissen, Lily. Sie haben Sir Reuben doch dauernd darüber ausgefragt. Oh, vorsichtig! Beinahe hätten Sie die Vase umgestoßen!
«Schrecklich heiß hier drinnen mit dem Feuer», sagte Lily. «Darf ich — darf ich das Fenster ein wenig öffnen?»
«Wenn Sie wollen, liebe Lily», sagte Lady Astwell ruhig.
Poirot beobachtete das junge Mädchen, als es zum Fenster ging und es öffnete. Sie blieb ein paar Minuten am offenen Fenster stehen und atmete in tiefen Zügen die kühle Nachtluft ein. Nachdem sie ihren Platz wieder eingenommen hatte, sagte er höflich zu ihr:
«Mademoiselle interessiert sich also für Minen?»
«Oh, nicht besonders», sagte sie gleichgültig. «Ich habe zugehört, wenn Sir Reuben davon sprach. Aber ich kenne mich nicht darin aus.»
«Dann haben Sie es aber gut verstanden, Interesse vorzutäuschen», sagte Lady Astwell. «Sir Reuben glaubte doch tatsächlich, Sie verfolgten einen bestimmten Zweck mit all den Fragen.»

Der kleine Detektiv hatte nicht vom Feuer aufgesehen, in das er unverwandt starrte, und doch entging es ihm nicht, daß Lily Margraves Gesicht vor Ärger ganz rot wurde. Taktvoll wechselte er das Thema. Als es Zeit wurde, gute Nacht zu sagen, fragte Poirot seine Gastgeberin:

«Kann ich mit Ihnen unter vier Augen sprechen, Madame?»

Lily Margrave zog sich diskret zurück, und Lady Astwell sah den Detektiv fragend an.

«Sie waren wohl die letzte Person, die Sir Reuben an jenem Abend lebend gesehen hat?»

Sie nickte, und ihre Augen füllten sich mit Tränen, die sie hastig mit einem schwarzumrandeten Taschentuch abwischte.

«Seien Sie doch nicht traurig, ich bitte Sie, Madame, regen Sie sich nicht auf.»

«Es ist alles ganz gut und schön, Monsieur Poirot, aber ich kann nun mal nichts dafür.»

«Es ist unverzeihlich von mir, Sie so zu quälen.»

«Nein, nein, fahren Sie nur fort. Was wollten Sie sagen?»

«Es war wohl ungefähr elf Uhr, als Sie ins Turmzimmer kamen und Sir Reuben den Sekretär entließ. Stimmt's?»

«Es muß um die Zeit gewesen sein.»

«Wie lange waren Sie bei ihm?»

«Es war gerade ein Viertel vor zwölf, als ich in mein Zimmer kam. Ich erinnere mich, daß ich auf die Uhr sah.»

«Lady Astwell, wollen Sie mir sagen, worüber Sie sich mit Ihrem Gatten unterhalten haben?»

Lady Astwell sank aufs Sofa und brach völlig zusammen. Sie fing heftig an zu schluchzen.

«Wir haben uns ge-gezankt», stöhnte sie.

«Worüber denn?» drängte Poirot sie mit sanfter Stimme.

«Ü-über vieles. M-m-mit L-Lily fing es an. Reuben hatte plötzlich eine Abneigung gegen sie gefaßt – ohne jeden Grund – und behauptete, er habe sie dabei ertappt, wie sie in seinen Papieren herumschnüffelte. Er wollte sie sofort entlassen. Ich sagte ihm aber, sie sei ein nettes Mädchen, und so etwas käme gar nicht in Frage. Dann b-brüllte er mich an. Das ließ ich mir natürlich nicht bieten und sagte ihm gründlich meine Meinung.

Ich habe das natürlich nicht so gemeint, Monsieur Poirot, und dann sagte er noch, er habe mich aus der Gosse gezogen, um mich zu heiraten, und ich sagte — ach, was nützt das jetzt alles noch? Ich werde mir ewig Vorwürfe machen. Sie wissen ja, wie es ist, Monsieur Poirot, ich habe zwar immer gesagt, ein guter Streit reinigt die Luft, aber wie konnte ich ahnen, daß jemand ihn noch in derselben Nacht ermorden würde? Armer alter Reuben!»

Poirot hatte sich den ganzen Ausbruch teilnahmsvoll angehört.

«Ich habe Ihnen Qual verursacht», sagte er, «das tut mir leid. Aber nun wollen wir einmal ganz sachlich und praktisch sein. Halten Sie immer noch an Ihrer Idee fest, daß Mr. Trefusis Ihren Gatten ermordet hat?»

Lady Astwell richtete sich kerzengerade auf.

«Der Instinkt einer Frau, Monsieur Poirot», sagte sie in feierlichem Ton, «irrt sich niemals.»

«Ganz recht, ganz recht», erwiderte Poirot. «Wann hat er es aber getan?»

«Wann? Nachdem ich meinen Gatten verlassen hatte, natürlich.»

«Sie haben Sir Reuben ein Viertel vor zwölf verlassen. Um fünf Minuten vor zwölf kam Mr. Leverson nach Hause. In den zehn Minuten soll also der Sekretär aus seinem Schlafzimmer ins Turmzimmer gegangen sein und ihn ermordet haben?»

«Das ist sehr gut möglich.»

«So vieles ist möglich», sagte Poirot. «Es kann natürlich in zehn Minuten erledigt werden. O ja! Ist es aber so gewesen?»

«Er behauptet natürlich, er sei im Bett gewesen und habe fest geschlafen», sagte Lady Astwell. «Aber wer weiß denn, ob das wahr ist?»

«Niemand hat gesehen, daß er auf war», erinnerte sie Poirot.

«Natürlich nicht; denn jeder lag in tiefem Schlaf», sagte Lady Astwell triumphierend.

«Wer weiß?» murmelte Poirot vor sich hin.

Kurze Pause.

«*Eh bien,* Lady Astwell, ich wünsche Ihnen eine gute Nacht.»

George brachte seinem Herrn den Morgenkaffee ans Bett.

«Miss Margrave, Sir, trug in der fraglichen Nacht ein Abendkleid aus hellgrünem Chiffon.»

«Danke, George, Sie sind äußerst zuverlässig.»

«Das dritte Hausmädchen sorgt für Miss Margrave, Sir. Sie heißt Gladys.»
«Danke, George, Sie sind nicht mit Gold zu bezahlen.»
«Keine Ursache, Sir.»
«Ein schöner Tag heute», meinte Poirot und blickte zum Fenster hinaus. «Wahrscheinlich wird niemand sehr früh aufstehen. Ich denke, mein guter George, wir werden das Turmzimmer ganz für uns haben, wenn wir uns dorthin begeben, um ein kleines Experiment zu machen.»
«Brauchen Sie mich dazu, Sir?»
«Das Experiment», sagte Poirot, «wird nicht schmerzhaft sein.»
Als sie im Turmzimmer ankamen, waren die Vorhänge noch zugezogen. George wollte sie gerade zurückschlagen, aber Poirot winkte ab.
«Wir wollen das Zimmer so lassen, wie es ist. Schalten Sie bitte die Schreibtischlampe ein.» Der Diener gehorchte.
«Nun setzen Sie sich mal auf den Stuhl dort, mein guter George. Tun Sie so, als ob Sie schrieben. *Très bien.* Ich werde nun eine Keule ergreifen, mich von hinten an Sie heranpirschen und Ihnen einen Schlag auf den Hinterkopf versetzen.»
«Jawohl, Sir», sagte George unerschütterlich.
«Ah», sagte Poirot, «wenn ich zuschlage, müssen Sie aufhören zu schreiben. Ich kann natürlich nicht dieselbe Kraft anwenden wie Sir Reubens Mörder. Das verstehen Sie ja wohl. Wenn der kritische Moment kommt, müssen wir so tun als ob. Ich schlage Sie auf den Kopf, und Sie brechen zusammen, die Arme ganz entspannt, den Körper ganz locker. Gestatten Sie mal, so ... aber nein, nicht die Muskeln so verkrampfen!»
Er stieß einen Seufzer der Verzweiflung aus.
«Hosen bügeln Sie ausgezeichnet, George, aber Phantasie besitzen Sie nicht. Stehen Sie auf. Ich übernehme Ihre Rolle.»
Poirot setzte sich selbst an den Schreibtisch.
«Ich schreibe», erklärte er, «ich schreibe sehr eifrig. Sie schleichen sich von hinten an mich heran und schlagen mir eins mit der Keule auf den Kopf. Bums! Die Feder fällt mir aus der Hand. Ich falle vornüber, aber nicht sehr weit; denn der Stuhl ist niedrig und der Tisch hoch. Außerdem stützen mich meine Arme. Seien Sie so gut, George, und gehen Sie zurück zur Tür. Bleiben Sie dort stehen und sagen Sir mir, was Sie sehen.»

«Ahem!»
«Ja, George?» rief Poirot aufmunternd.
«Ich sehe Sie am Tisch sitzen, Sir.»
«Am Tisch *sitzen*?»
«Es ist nicht ganz einfach, Sie deutlich zu sehen, Sir», erklärte George. «Die Entfernung ist sehr groß, und die Lampe hat einen so dunklen Schirm. Wenn ich vielleicht das Oberlicht andrehen dürfte, Sir?»
Seine Hand tastete nach dem Schalter.
«Auf keinen Fall», sagte Poirot scharf. «Wir kommen auch so ganz gut zurecht. Ich hier über den Tisch gebeugt und Sie dort an der Tür. Kommen Sie jetzt auf mich zu, George, und legen Sie mir die Hand auf die Schulter.»
George gehorchte.
«Lehnen Sie sich ein wenig auf mich, George, als wären Sie nicht ganz sicher auf den Füßen. Ah, *voilà*.»
Hercule Poirot ließ seinen schlaffen Körper kunstgerecht zur Seite gleiten.
«Ich falle – so!» bemerkte er. «Ja, das habe ich fein ausgetüftelt. Jetzt aber steht eine hochwichtige Sache auf dem Programm!»
«Wirklich, Sir?»
«Ja, ich muß mir unbedingt ein gutes Frühstück einverleiben.»
Der kleine Mann lachte herzhaft über seinen eigenen Scherz.
«Der Magen George, darf niemals ignoriert werden.»
George bewahrte ein mißbilligendes Schweigen. Poirot lachte glücklich vor sich hin, als er die Treppe hinunterstieg. Er war ganz zufrieden mit der Entwicklung der Dinge. Nach dem Frühstück suchte er Gladys, das dritte Hausmädchen, auf und machte sich mit ihr bekannt. Alles, was sie ihm über das Verbrechen erzählen konnte, interessierte ihn sehr. Für Charles hatte sie sehr viel übrig, obwohl sie an seiner Schuld nicht zweifelte.
«Der arme junge Herr, Sir, es ist wirklich hart für ihn, besonders, wo er doch in jener Nacht nicht recht bei Sinnen war.»
«Er und Miss Margrave hätten sich als die einzigen beiden jungen Leute im Haus doch eigentlich gut vertragen müssen.»
Gladys schüttelte den Kopf.
«Sehr zurückhaltend war Miss Lily ihm gegenüber. Sie

wünschte keine Annäherungsversuche. Das hat sie ihm ganz klar und deutlich zu verstehen gegeben.»
«Er mochte sie wohl ganz gern, wie?»
«Och, nur so nebenbei. Nichts Ernsthaftes, Sir. Aber Mr. Victor Astwell, der ist richtig in Miss Lily verschossen.»
Sie kicherte.
«Vraiment?»
Gladys kicherte wieder.
«Gleich von Anfang an hat es ihn gepackt. Miss Lily ist ja auch wirklich wie eine Lilie, nicht wahr? So groß und schlank und solch eine entzückende Haarfarbe!»
«Sie müßte eigentlich ein grünes Abendkleid tragen», sagte Poirot sinnend. «Es gibt da ein ganz bestimmtes Grün –»
«Sie hat eins, Sir», sagte Gladys. «Natürlich kann sie es jetzt nicht tragen, wo wir in Trauer sind, aber sie trug es an dem Abend, als Sir Reuben starb.»
«Es müßte ein Hellgrün sein, kein Dunkelgrün», fuhr Poirot unbeirrt fort.
«Es ist auch hellgrün, Sir. Wenn Sie eine Minute Zeit haben, will ich es Ihnen zeigen. Miss Lily ist gerade mit den Hunden ausgegangen.»
Poirot nickte. Er wußte das genau so gut wie Gladys. Hatte er sich doch erst über Lilys Abwesenheit vergewissert, bevor er sich auf die Suche nach dem Hausmädchen machte. Gladys eilte fort und kehrte wenige Minuten später mit dem grünen Abendkleid auf einem Bügel zurück.
«Ausgezeichnet», murmelte Poirot und schlug vor Bewunderung die Hände zusammen. «Gestatten Sie, daß ich es einen Augenblick bei Licht betrachte?»
Er nahm Gladys das Kleid ab, drehte ihr den Rücken zu und eilte damit ans Fenster. Dort beugte er sich kurz über das Kleid und hielt es dann in Armeslänge von sich.
«Es ist einfach vollkommen», erklärte er, «direkt bezaubernd! Tausend Dank, daß Sie es mir gezeigt haben.»
«Es war mir ein Vergnügen, Sir. Wir wissen ja alle, daß Franzosen sich sehr für Damenkleider interessieren.»
«Zu liebenswürdig von Ihnen», murmelte Poirot.
Seine Augen folgten ihr, als sie mit dem Kleid wieder davoneilte. Dann blickte er lächelnd auf seine Hände hinab. In der

Rechten hielt er eine winzige Nagelschere und in der Linken ein säuberlich abgeschnittenes Stück grünen Chiffons.
«Und jetzt», murmelte er, «muß ich heroisch sein.»
Er kehrte in sein Zimmer zurück und ließ George zu sich kommen.
«Auf meinem Ankleidetisch, mein guter George, finden Sie eine goldene Krawattennadel.»
«Ja, Sir.»
«Auf dem Waschtisch steht eine Flasche mit Karbolsäure. Tauchen Sie, bitte, die Nadelspitze dort hinein.»
George tat, wie ihm befohlen. Schon seit langem wunderte er sich nicht mehr über die närrischen Einfälle seines Herrn.
«Das habe ich gemacht, Sir.»
«*Très bien!* Nun kommen Sie her. Ich reiche Ihnen meinen Zeigefinger, und Sie applizieren die Nadelspitze.»
«Entschuldigen Sie, Sir, soll ich Sie etwa in den Finger stechen?»
«Sie haben es erfaßt, George, Sie müssen mir Blut abzapfen, aber, wohlgemerkt, nicht zuviel.»
George ergriff den Finger seines Herrn. Poirot schloß die Augen und lehnte sich in den Sessel zurück. Der Diener stach mit der Krawattennadel zu, und Poirot stieß einen gellenden Schrei aus.
«*Je vous remercie,* George», sagte er, «Sie haben es reichlich gut gemeint.»
Er nahm den grünen Chiffonfetzen aus der Tasche und tupfte damit seinen Finger sehr behutsam ab.
«Die Operation ist fabelhaft geglückt», bemerkte er, als er das Ergebnis betrachtete. «Sind Sie gar nicht neugierig, George? Na, das ist ja bewundernswert.»
Der Diener hatte gerade einen diskreten Blick aus dem Fenster geworfen.
«Verzeihung, Sir», sagte er leise, «soeben ist ein Herr in einem großen Wagen vorgefahren.»
«Aha», sagte Poirot und erhob sich schnell. «Der schwer zu fassende Mr. Victor Astwell. Schnell nach unten. Ich muß seine Bekanntschaft machen.»
Poirot hörte Mr. Victor Astwell, bevor er ihn sah. Eine laute Stimme ertönte aus der Halle.

«Passen Sie doch auf, Sie verdammter Idiot! In der Kiste ist Glas! Verflucht nochmal, Parsons, stehen Sie nicht im Wege! Setzen Sie die Kiste doch hin, Sie Esel!»

Poirot hüpfte behende die Treppe hinunter und verbeugte sich höflich vor Victor Astwell, der ihn um Haupteslänge überragte.

«Zum Kuckuck nochmal, wer sind Sie denn?» brüllte der gewaltige Mann.

Poirot machte noch eine Verbeugung.

«Mein Name ist Hercule Poirot.»

«Mein Gott!» sagte Victor Astwell. «Nancy hat Sie also doch kommen lassen.»

Er nahm Poirot bei der Schulter und steuerte ihn in die Bibliothek.

«Sie sind also der Mann, um den so viel Geschrei gemacht wird?» sagte er und blickte ihn von oben bis unten an. «Entschuldigen Sie die harten Ausdrücke, die Sie soeben gehört haben. Aber mein Chauffeur ist ein verdammter Esel, und Parsons geht mir auf die Nerven, der schwatzhafte alte Idiot. Ich kann Dummköpfe nun mal nicht ausstehen. Aber nach allem, was man so hört, sind Sie kein Dummkopf, was?»

Er lachte jovial.

«Alle, die das angenommen haben, haben sich tüchtig in die Nesseln gesetzt», sagte Poirot seelenruhig.

«Wirklich? Nancy hat Sie also hergeschleift — sie hat sich nämlich Raupen in den Kopf gesetzt wegen des Sekretärs. Das ist natürlich glatter Unsinn. Trefusis ist so sanft wie eine Kuh — trinkt auch, glaube ich, Kuhmilch. Der Bursche ist tatsächlich Abstinenzler. Eigentlich eine Zeitvergeudung für Sie, nicht wahr?»

«Man vergeudet nie Zeit, wenn man Gelegenheit hat, die menschliche Natur zu studieren», sagte Poirot ruhig.

«Die menschliche Natur, was?»

Victor Astwell starrte ihn verdutzt an. Dann warf er sich in einen Sessel.

«Kann ich irgend etwas für Sie tun?»

«Ja, Sie können mir sagen, worüber Sie sich mit Ihrem Bruder an dem fraglichen Abend gestritten haben.»

Victor Astwell schüttelte den Kopf.

«Hat nichts mit dem Fall zu tun», sagte er mit Bestimmtheit.
«Das kann man nie wissen.»
«Es hat nichts mit Charles zu tun.»
«Lady Astwell ist der Ansicht, daß Charles nichts mit dem Mord zu tun hat.»
«Ach, Nancy!»
«Parsons nimmt an, daß es Mr. Charles Leverson war, der spät nachts nach Hause gekommen ist, hat ihn aber nicht gesehen. Sie müssen bedenken, niemand hat ihn gesehen.»
«Da sind Sie aber auf dem Holzweg», sagte Astwell. «Ich habe ihn gesehen.»
«Sie?»
«Die Sache war ganz einfach. Reuben hatte zuerst Jung Charles tüchtig angepfiffen – und ich muß sagen, nicht ohne Grund. Später versuchte er dann, mich abzukanzeln. Ich habe ihm aber heimgeleuchtet. Und nur um ihn zu ärgern, hatte ich den Entschluß gefaßt, mich auf Charles' Seite zu stellen. Ich wollte ihn am Abend noch sehen, um ihm zu sagen, wie die Aktien standen. Ich ging wohl in mein Zimmer, aber nicht zu Bett. Statt dessen ließ ich die Tür offen, setzte mich in einen Sessel und rauchte meine Pfeife. Mein Zimmer ist im zweiten Stock, Monsieur Poirot. Direkt nebenan schläft Charles.»
«Verzeihen Sie die Unterbrechung – schläft Mr. Trefusis auch im selben Stock?»
Astwell nickte.
«Ja, sein Zimmer liegt nicht weit von meinem.»
«Näher zur Treppe?»
«Nein, entgegengesetzt.»
In Poirots Augen leuchtete es auf, aber der andere merkte nichts davon und fuhr fort:
«Wie gesagt, ich wartete auf Charles. Ungefähr um Viertel vor zwölf hörte ich die Haustür zuklappen, aber von Charles war in den nächsten zehn Minuten nichts zu sehen. Als er dann schließlich die Treppe heraufkam, sah ich sofort, daß es keinen Zweck hatte, die Sache an dem Abend zur Sprache zu bringen.»
Er machte eine vielsagende Geste des Trinkens.
«Ich verstehe», murmelte Poirot.
«Der arme Teufel hatte schwer geladen, konnte nicht mehr geradeaus gehen», sagte Astwell. «Er war auch totenblaß im

Gesicht. Damals habe ich es seiner Verfassung zugeschrieben. Heute ist mir natürlich klar, daß er unmittelbar vorher den Mord begangen hat.»

Poirot warf schnell eine Frage ein:

«Haben Sie denn keinerlei Geräusch aus dem Turmzimmer gehört?»

«Nein, aber Sie müssen bedenken, daß ich mich genau am anderen Ende des Hauses befand. Die Wände sind sehr dick, und ich glaube, man würde nicht einmal einen Pistolenschuß von dort hören.»

Poirot nickte.

«Ich fragte Charles, ob ich ihm ins Bett helfen solle», fuhr Astwell fort. «Er sagte aber, er könne allein fertigwerden, ging in sein Zimmer und schlug die Tür zu. Ich habe mich dann auch ausgezogen und bin zu Bett gegangen.»

Poirot starrte nachdenklich auf den Teppich.

«Sind Sie sich dessen bewußt, Mr. Astwell», sagte er schließlich, «daß Ihre Aussage von größter Wichtigkeit ist?»

«Das mag wohl sein – he, was wollen Sie damit sagen?»

«Nach Ihrer Aussage sind zehn Minuten verstrichen zwischen dem Zuklappen der Haustür und Leversons Erscheinen auf der Treppe. Er selbst sagt – soweit ich unterrichtet bin – er sei ins Haus gekommen und sofort nach oben zu Bett gegangen. Aber da ist noch etwas anderes. Lady Astwells Anschuldigung gegen den Sekretär ist phantastisch, das gebe ich zu. Aber bisher hat sie sich nicht als unmöglich erwiesen. Doch Ihre Aussage verschafft ihm ein Alibi.»

«Wieso?»

«Lady Astwell behauptet, sie habe ihren Gatten um Viertel vor zwölf verlassen. Da der Sekretär um elf Uhr zu Bett gegangen ist, hätte er das Verbrechen nur zwischen Viertel vor zwölf und Charles Leversons Rückkehr begehen können. Wenn Sie nun sagen, Sie haben bei offener Tür gesessen, so konnte er nicht aus seinem Zimmer kommen, ohne von Ihnen gesehen zu werden.»

«Da haben Sie recht», gab der andere zu.

«Und eine andere Treppe existiert nicht, was?»

«Nein. Um ins Turmzimmer zu gelangen, hätte er meine Tür passieren müssen, aber er ist nicht vorbeigekommen. Das steht

ganz fest. Und überhaupt Monsieur Poirot, wie ich Ihnen schon sagte, der Mann ist so sanft wie ein Pastor. Das können Sie mir ruhig glauben.»
«Ja, ja», sagte Poirot besänftigend, «ich verstehe das alles.» Nach einer kleinen Pause hob er wieder an: «Und Sie wollen mir wirklich nicht sagen, worüber Sie sich mit Sir Reuben gezankt haben?»
Astwell wurde dunkelrot im Gesicht.
«Sie werden nichts aus mir herausbekommen.»
Poirot blickte zur Decke. «Ich bin immer diskret», murmelte er, «wenn es sich um eine Dame handelt.»
Victor Astwell sprang auf.
«Verdammt nochmal, woher wissen Sie — was wollen Sie damit sagen?»
«Ich dachte an Miss Lily Margrave.»
Victor Astwell stand einen Augenblick unschlüssig da. Dann wurde er ruhiger und setzte sich wieder hin.
«Sie sind mir zu klug, Monsieur Poirot. Es stimmt schon. Lily war der Stein des Anstoßes. Reuben haßte sie wie die Pest. Er hatte irgend etwas über sie ausgespitzelt — gefälschte Referenzen oder dergleichen. Ich selbst glaube ja kein Wort davon.
Ferner behauptete er, sie schleiche sich nachts heimlich aus dem Hause und treffe sich draußen mit einem Mann. Das ging natürlich zu weit! Mein Gott, ich hab's ihm vielleicht gegeben! Habe ihm glatt erklärt, daß manch besserer Mann schon aus geringeren Anlässen getötet worden sei. Da hielt er endlich den Mund. Reuben hatte nämlich Angst vor mir, wenn ich richtig loslegte.»
«Das sollte mich nicht wundern», murmelte Poirot höflich.
«Ich halte große Stücke auf Lily Margrave», fuhr Astwell in einem anderen Tone fort. «Ein durch und durch anständiges Mädchen.»
Poirot antwortete nichts darauf. Er starrte, anscheinend ganz in Gedanken verloren, vor sich hin. Plötzlich fuhr er aus seiner Grübelei auf.
«Ich glaube, ich muß eine kleine *promenade* machen. Gibt's hier in der Nähe ein Hotel?»
«Zwei», sagte Victor Astwell, «das Golfhotel oben am Golfplatz und das Hotel Mitra unten am Bahnhof.»

«Vielen Dank», sagte Poirot. «Ja, ich muß ein wenig an die frische Luft – ganz entschieden.»

Das Golfhotel machte seinem Namen alle Ehre. Es stand wirklich am Golfplatz, fast unmittelbar neben dem Klubhaus. Dorthin begab sich Poirot zuerst auf seiner so laut angekündigten «Promenade». Der kleine Mann hatte eine besondere Art, mit den Leuten umzugehen. Drei Minuten nachdem er das Golfhotel betreten hatte, steckte er bereits tief in einer höchst eifrigen Unterredung mit der Hotelleiterin, Miss Langdon.

«Es tut mir leid, Sie belästigen zu müssen, Mademoiselle, aber ich bin nun mal ein Detektiv.» Poirot ging am liebsten immer direkt aufs Ziel los, und in diesem Falle hatte diese Methode auch sofort die gewünschte Wirkung.

«Ein Detektiv!» rief Miss Langdon und sah ihn dabei etwas zweifelnd an.

«Nicht von Scotland Yard», versicherte ihr Poirot. «Ich bin überhaupt kein Engländer, wie Ihnen vielleicht schon aufgefallen ist. Nein, ich stelle Privatuntersuchungen in der Mordsache von Sir Reuben Astwell an.»

«Was Sie nicht sagen!» Miss Langdon glotzte ihn erwartungsvoll an.

«Es stimmt aber!» sagte Poirot strahlend. «Nur einer so verschwiegenen Seele wie Ihnen vertraue ich dies Geheimnis an. Ich glaube, Mademoiselle, Sie können mir behilflich sein. Können Sie mir wohl sagen, ob einer der Herren, die in der Mordnacht hier wohnten, an jenem Abend vom Hotel abwesend war und erst gegen zwölf oder halb eins zurückkehrte?»

Miss Langdon riß die Augen noch weiter auf als vorher.

«Denken Sie etwa –» hauchte sie.

«Daß Sie den Mörder hier hatten? Nein, aber ich habe Grund, anzunehmen, daß einer Ihrer Gäste einen kleinen Spaziergang in Richtung ‹Mon Repos› unternommen hat, und bei der Gelegenheit könnte er vielleicht etwas gesehen haben, das ihm zwar belanglos erscheinen, für mich aber von großem Nutzen sein mag.»

Die Leiterin nickte weise mit dem Kopf und setzte dabei eine Miene auf, als sei sie mit den Annalen der Kriminalistik gründlich vertraut.

«Ich verstehe das vollkommen. Wollen mal nachschauen, wer damals denn eigentlich bei uns wohnte.»
Sie zog die Stirn in tiefe Falten, während sie sich offenbar die Namen durch den Kopf gehen ließ und ihrem Gedächtnis hin und wieder mit den Fingern nachhalf.
«Captain Swann, Mr. Elkins, Major Blunt, der alte Mr. Benson. Nein, Sir, ich glaube wirklich nicht, daß jemand an dem Abend ausgegangen ist.»
«Hätten Sie das denn gemerkt?»
«O ja, Sir, es ist nämlich ganz ungewöhnlich. Ich meine, die Herren gehen wohl zum Essen aus, aber nicht nach dem Essen, weil – nun, weil man hier ja nirgendwo hingehen kann, nicht wahr?»
Die Attraktionen von Abbots Cross waren Golf, nochmals Golf und abermals Golf.
«Da haben Sie recht», stimmte ihr Poirot zu. «Dann ist also – soweit Sie sich erinnern können – keiner von Ihren Gästen an dem fraglichen Abend ausgegangen?»
«Captain England und seine Frau waren zum Essen eingeladen.»
Poirot schüttelte den Kopf.
«Das hilft mir nicht. Ich will mein Heil mal beim anderen Hotel versuchen, der ‹Mitra› – so heißt es doch, nicht wahr?»
«Ach, die ‹Mitra›», sagte Miss Langdon. «Von dort aus mögen viele spazierengegangen sein.»
Die Verachtung in ihrem Ton war unverkennbar, und Poirot machte sich taktvoll aus dem Staube.

Zehn Minuten später wiederholte er die Szene, diesmal mit Miss Cole, der etwas brüsken Leiterin der «Mitra». Dies war ein weniger anspruchsvolles Hotel mit niedrigeren Preisen dicht am Bahnhof.
«Einer der Herren war an jenem Abend noch spät draußen und kam erst gegen halb eins herein, soweit ich mich erinnere», sagte Miss Cole. «Es war anscheinend eine Gewohnheit von ihm, um die Zeit auszugehen. Vorher war es auch schon ein paarmal vorgekommen. Wie hieß er doch gleich? Im Augenblick kann ich nicht darauf kommen.»
Sie zog einen dicken Wälzer zu sich heran und blätterte darin.
«Der Neunzehnte, Zwanzigste, Einundzwanzigste, Zweiund-

zwanzigste . . . aha, hier haben wir's. Naylor, Captain Humphrey Naylor.»
«Hat er schon öfter hier gewohnt? Kennen Sie ihn gut?»
«Einmal vorher», sagte Miss Cole, «ungefähr vierzehn Tage früher, und ich kann mich deutlich entsinnen, daß er damals abends auch ausging.»
«Er kam wohl hierher, um Golf zu spielen?»
«Wahrscheinlich», sagte Miss Cole. «Das tun ja die meisten Herren hier.»
«Stimmt», sagte Poirot. «Nun, Mademoiselle, ich danke Ihnen verbindlichst und wünsche Ihnen einen guten Tag.»
Auf dem Rückweg nach «Mon Repos» war er sehr nachdenklich. Ein paarmal zog er etwas aus der Tasche und schaute es sich an.
«Es muß sein», murmelte er vor sich hin, «und zwar bald. Bei der allernächsten Gelegenheit.»
Sofort nach seiner Rückkehr erkundigte er sich bei Parsons, wo Miss Margrave wohl zu finden sei, und erfuhr, daß sie Lady Astwells Korrespondenz im kleinen Studierzimmer erledige. Diese Auskunft schien bei ihm eine tiefe Befriedigung auszulösen.
Er fand das kleine Studierzimmer ohne Schwierigkeiten. Lily Margrave saß an einem Schreibtisch beim Fenster und schrieb. Außer ihr war niemand im Zimmer. Poirot schloß sorgfältig die Tür hinter sich und ging auf das Mädchen zu.
«Wollen Sie mir ein paar Minuten Ihrer kostbaren Zeit widmen, Mademoiselle?»
«Aber gern.» Lily Margrave schob ihre Papiere zur Seite und wandte sich Poirot zu.
«Was kann ich für Sie tun?»
«Soweit ich unterrichtet bin, Mademoiselle, sind Sie an jenem tragischen Abend, als Lady Astwell ihren Gatten aufsuchte, sofort zu Bett gegangen. Stimmt das?»
Lily Margrave nickte.
«Und Sie sind nicht aus irgendeinem Grunde wieder heruntergekommen?»
Das Mädchen schüttelte den Kopf.
«Ich glaube, Sie sagten mir einmal, Sie seien an jenem Abend überhaupt nicht im Turmzimmer gewesen. Ist das richtig?»

«Ich erinnere mich zwar nicht, das gesagt zu haben, aber ich bin tatsächlich an dem Abend nicht im Turmzimmer gewesen.»

Poirot zog die Augenbrauen hoch.

«Merkwürdig», murmelte er.

«Was soll das heißen?»

«Sehr merkwürdig», murmelte Poirot wieder. «Wie erklären Sie sich denn das?»

Damit zog er einen kleinen verfärbten grünen Chiffonfetzen aus der Tasche und hielt ihn dem Mädchen zur Besichtigung hin.

Sie verzog keine Miene, aber er spürte, daß sie den Atem scharf einzog.

«Ich verstehe Sie nicht, Monsieur Poirot.»

«Sie haben doch an dem Abend ein grünes Chiffonkleid getragen, Mademoiselle. Dieses Stück», er tippte auf den Schnippel in seiner Hand, «war davon abgerissen.»

«Und Sie fanden es im Turmzimmer?» fragte das Mädchen vorsichtig. «Wo denn da?»

Hercule Poirot blickte zur Decke.

«Für den Augenblick sagen wir einfach – im Turmzimmer.»

Zum ersten Male kam etwas wie Furcht in ihre Augen. Sie begann zu sprechen, hörte aber sofort wieder auf. Poirot beobachtete, wie sich ihre kleinen weißen Hände auf der Tischkante zusammenballten.

«Vielleicht bin ich an dem Abend doch im Turmzimmer gewesen», sagte sie grübelnd. «Vor dem Essen, meine ich. Ich glaube es zwar nicht. Ich möchte beinahe mit Bestimmtheit sagen: nein. Außerdem ist es ja sehr merkwürdig, daß die Polizei den Fetzen nicht sofort gefunden hat, wenn er die ganze Zeit über im Turmzimmer war.»

«Die Polizei», sagte der kleine Mann, «hat nicht dieselben Ideen wie Hercule Poirot.»

«Es kann sein, daß ich gerade vor dem Essen auf einen Sprung hineingegangen bin», sagte Lily Margrave nachdenklich, «oder vielleicht am Abend vorher. Ich habe da dasselbe Kleid getragen. Ja, es muß bestimmt am Abend vorher gewesen sein.»

«Ich glaube nicht», sagte Poirot gelassen.

«Warum?»

Er schüttelte nur ganz langsam den Kopf.

«Was wollen Sie damit sagen?» flüsterte das Mädchen.

Sie beugte sich vor und starrte ihn an, wobei alle Farbe aus ihrem Gesicht wich.

«Sehen Sie denn nicht, Mademoiselle, daß dieses Stückchen verfärbt ist? Ganz zweifellos ist das menschliches Blut.»

«Sie wollen sagen —?»

«Ich will damit sagen, Mademoiselle, daß Sie im Turmzimmer waren, nachdem das Verbrechen begangen worden war, nicht vorher. Ich glaube, Sie sagen mir am besten die volle Wahrheit. Sonst könnte die Sache noch heikler für Sie werden.»

Er stand auf, nahm plötzlich eine strenge Miene an und erhob den Zeigefinger warnend gegen das Mädchen.

«Wie haben Sie das nur herausbekommen?» stieß Lily hervor.

«Das spielt keine Rolle, Mademoiselle. Ich kann Ihnen nur sagen, Hercule Poirot *weiß* es. Ich weiß auch Bescheid über Captain Humphrey Naylor, und daß Sie ihn an dem fraglichen Abend getroffen haben.»

Lily legte plötzlich den Kopf auf die Arme und brach in Tränen aus. Sofort gab Poirot die anklagende Haltung auf.

«Na, na, meine Kleine», sagte er und klopfte ihr väterlich auf die Schulter. «Regen Sie sich nicht auf. Es ist unmöglich, Hercule Poirot zu täuschen. Sobald Sie sich das einmal klargemacht haben, sind alle Ihre Sorgen vorbei. Und nun werden Sie mir die ganze Geschichte erzählen, nicht wahr? Schütten Sie dem alten Papa Poirot nur ruhig Ihr Herz aus.»

«Es ist nicht so, wie Sie denken, bestimmt nicht. Humphrey — mein Bruder — hat nicht ein Haar auf Reuben Astwells Haupte angerührt.»

«Ihr Bruder, wie?» sagte Poirot. «So läuft der Hase also. Na, wenn Sie ihn vom Verdachte befreien wollen, müssen Sir mir jetzt die ganze Geschichte rückhaltlos erzählen.»

Lily richtete sich wieder auf und schob sich das Haar aus der Stirne. Nach einer kleinen Weile begann sie mit leiser, klarer Stimme:

«Ich will Ihnen die Wahrheit sagen, Monsieur Poirot. Ich sehe ein, daß alles andere lächerlich ist. Mein richtiger Name ist Lily Naylor, und Humphrey ist mein einziger Bruder. Vor einigen Jahren, als er drüben in Afrika war, entdeckte er eine Goldmine oder, besser gesagt, das Vorhandensein von Gold.

Genaueres darüber kann ich Ihnen nicht sagen, weil ich die technischen Einzelheiten nicht verstehe. Aber die Quintessenz ist die:

Der Fund schien sehr vielversprechend zu sein, und Humphrey kam heim mit Briefen für Sir Reuben Astwell, den er dafür zu interessieren hoffte. Ich verstehe auch heute noch nicht, wie das alles über die Bühne ging. Ich weiß nur, daß Sir Reuben einen Experten hingeschickt hat, der ihm Bericht erstatten sollte. Später hat er dann meinem Bruder gesagt, der Bericht sei ungünstig und er, Humphrey, habe sich geirrt. Mein Bruder ging nach Afrika zurück, organisierte eine Expedition ins Innere und blieb dann verschollen. Man nahm an, daß er und die ganze Equipe umgekommen seinen.

Ganz kurz danach wurde eine Gesellschaft gegründet zwecks Ausbeutung der Goldfelder von Mpala. Als mein Bruder dann doch wieder nach England zurückkam, zog er gleich den Schluß, daß dies die Goldfelder seien, die er entdeckt hatte. Allem Anschein nach hatte Sir Reuben mit dieser Gesellschaft nichts zu tun. Es machte den Eindruck, als hätten sie die Stelle von sich aus entdeckt. Aber mein Bruder war nicht davon überzeugt. Er war der festen Ansicht, daß Sir Reuben ihn mit Vorbedacht beschwindelt habe.

Er regte sich immer mehr darüber auf und wurde von Tag zu Tag unglücklicher. Wir beide stehen ganz allein in der Welt, Monsieur Poirot, und da ich damals gezwungen war, mir meinen Lebensunterhalt zu verdienen, kam mir die Idee, einen Posten in diesem Haushalt anzunehmen und ausfindig zu machen, ob Sir Reuben etwas mit den Goldfeldern von Mpala zu tun habe. Aus begreiflichen Gründen vertuschte ich meinen richtigen Namen, und ich gebe offen zu, daß ich Referenzen gefälscht habe.

Es haben sich viele um diesen Posten beworben. Die meisten davon besaßen bessere Qualifikationen als ich, Monsieur Poirot. Na, da habe ich mir halt eine wunderschöne Empfehlung von der Herzogin von Perthshire geschrieben. Ich wußte nämlich, daß sie gerade nach Amerika gereist war. Ich nahm an, daß eine Herzogin einen nachhaltigen Eindruck auf Lady Astwell machen würden, und darin hatte ich nicht unrecht. Sie hat mich auf der Stelle engagiert.

Seither habe ich die verhaßte Rolle einer Spionin gespielt, allerdings bis vor kurzem ohne Erfolg. Sir Reuben gehört nicht zu denen, die ihre Geschäftsgeheimnisse auf der Zunge tragen. Aber als Victor Astwell aus Afrika zurückkam, war er nicht mehr ganz so vorsichtig in seinen Gesprächen, und es dämmerte mir, daß Humphrey sich doch wohl nicht geirrt hatte. Mein Bruder kam etwa vierzehn Tage vor dem Mord hierher, und ich schlich mich aus dem Hause und traf mich heimlich in der Nacht mit ihm. Als ich erwähnte, was Victor Astwell gesagt hatte, wurde er ganz aufgeregt und versicherte mir, ich sei entschieden auf der richtigen Spur.

Aber danach schien alles schiefzugehen. Jemand muß mich gesehen haben, als ich mich aus dem Hause schlich, und Sir Reuben darüber Bericht erstattet haben. Er wurde mißtrauisch und prüfte meine Referenzen nach. Natürlich entdeckte er sehr bald, daß sie gefälscht waren. Gerade am Mordtage kam die Sache heraus. Wahrscheinlich dachte er, ich hätte es auf die Juwelen seiner Frau abgesehen. Was auch immer seine Verdachtsgründe sein mochten, eines stand fest: er wollte mich nicht länger in ‹Mon Repos› bleiben lassen, obschon er von einer Klage wegen der gefälschten Referenzen abzusehen beabsichtigte. Lady Astwell hat während der ganzen Zeit treu zu mir gehalten und sich tapfer gegen Sir Reuben behauptet.»

Sie hielt inne. Poirot machte ein sehr ernstes Gesicht.

«Und nun, Mademoiselle, kommen wir zur Mordnacht.»

Lily schluckte ein paarmal krampfhaft und nickte.

«Zuerst, Monsieur Poirot, muß ich Ihnen sagen, daß mein Bruder nochmals hergekommen war und ich wieder ein heimliches Treffen mit ihm verabredet hatte. Ich ging, wie ich Ihnen schon sagte, nach oben auf mein Zimmer, ging aber nicht zu Bett. Statt dessen wartete ich, bis ich alle in tiefem Schlaf wähnte. Dann stahl ich mich die Treppe hinunter und zur Seitentür hinaus. Ich traf Humphrey und klärte ihn mit ein paar hastigen Worten über die Geschehnisse auf. Ich sagte ihm ebenfalls, daß nach meiner Ansicht die von ihm gewünschten Papiere in Sir Reubens Safe im Turmzimmer seien. Wir kamen dahin überein, daß wir versuchen wollten, sie noch in derselben Nacht an uns zu bringen.

Ich sollte erst ins Haus gehen und nachsehen, ob die Luft rein sei. Als ich durch die Seitentür ging, hörte ich die Kirchturmuhr zwölf schlagen. Kaum war ich halbwegs die Treppe hinauf, die zum Turmzimmer führt, da hörte ich ein dumpfes Geräusch, als sei etwas hingefallen. Im selben Moment rief eine Stimme ‹Mein Gott!› Ein paar Minuten darauf öffnete sich die Tür des Turmzimmers, und Charles Leverson kam heraus. Ich konnte sein Gesicht ganz deutlich im Mondlicht erkennen. Aber er sah mich nicht, da ich mich etwas weiter unten auf der Treppe, wo es dunkel war, zusammenkauerte.

Schwankend, mit todbleichem Gesicht, stand er einen Augenblick da und schien zu lauschen. Dann riß er sich mit großer Anstrengung zusammen, öffnete die Tür zum Turmzimmer wieder und rief: ‹Es ist ja noch mal gut gegangen› oder so etwas Ähnliches. Seine Stimme klang ganz munter und heiter. Aber sein Gesicht strafte ihn Lügen. Er wartete noch eine Minute und ging dann langsam nach unten, und ich konnte ihn nicht mehr sehen.

Als er fort war, wartete ich noch ein Weilchen und schlich dann selbst zum Turmzimmer hinauf. Ich hatte das Gefühl, als sei etwas Tragisches passiert. Das Oberlicht war aus, aber die Schreibtischlampe brannte, und bei ihrem Schein sah ich Sir Reuben neben dem Tisch am Boden liegen. Wie ich es fertiggebracht habe, weiß ich nicht mehr, aber ich nahm zuletzt meine ganze Kraft zusammen, ging hin und kniete bei ihm nieder. Ich sah sofort, daß er tot war – von hinten niedergeschlagen. – Auch, daß er nicht lange tot gewesen sein konnte; denn ich berührte seine Hand, und sie war noch ganz warm. Es war gräßlich, Monsieur Poirot, einfach grauenhaft.»

Sie schauderte wieder bei der Erinnerung.

«Und dann?» fragte Poirot und sah sie scharf an.

Lily Margrave nickte.

«Ja, Monsieur Poirot, ich weiß, was Sie denken. Warum habe ich nicht das ganze Haus alarmiert? Das hätte ich tun sollen, ich weiß. Aber als ich dort kniete, schoß mir blitzartig ein Gedanke durch den Kopf: meine Auseinandersetzung mit Sir Reuben, meine heimlichen Zusammenkünfte mit Humphrey, die Tatsache, daß ich am nächsten Tage das Haus verlassen mußte – das alles bildete ja eine verhängnisvolle Kette! Man würde sicher sagen, ich hätte Humphrey hereingelassen, und er habe Sir

Reuben aus Rache getötet. Hätte ich gesagt, daß ich Charles Leverson aus dem Zimmer kommen sah, hätte es mir niemand geglaubt.
Es war schrecklich, Monsieur Poirot. Da kniete ich nun und dachte und dachte, und je mehr ich dachte, desto tiefer sank mein Mut. Dann sah ich Sir Reubens Schlüssel, die ihm beim Fall aus der Tasche gerutscht waren. Der Schlüssel zum Safe war auch dabei. Die Kombination kannte ich bereits, da Lady Astwell sie einmal in meiner Gegenwart erwähnt hatte. Ich ging also hinüber zum Safe, Monsieur Poirot, schloß es auf und stöberte in seinen Papieren herum.
Zuletzt fand ich, was ich suchte. Humphrey hatte völlig recht gehabt. Sir Reuben steckte tatsächlich hinter den Goldfunden von Mpala, und er hatte Humphrey mit Vorbedacht betrogen. Das machte die Sache noch schlimmer. Es gab Humphrey ein ganz bestimmtes Motiv für das Verbrechen. Ich stopfte die Papiere wieder in den Safe, ließ den Schlüssel in der Tür stecken und ging schnurstracks auf mein Zimmer. Am nächsten Morgen, als das Hausmädchen die Leiche entdeckte, tat ich, als sei ich ebenso überrascht und entsetzt wie alle anderen.»
Sie schwieg und blickte jämmerlich zu Poirot hinüber.
«Sie glauben mir doch, Monsieur Poirot? O sagen Sie mir doch, bitte, daß Sie mir glauben!»
«Ja, ich glaube Ihnen, Mademoiselle. Sie haben mir manches erklärt, was mir bisher rätselhaft war. Einmal Ihre absolute Gewißheit, daß Charles Leverson der Täter war, zum anderen Ihre hartnäckigen Bemühungen, mich von hier fernzuhalten.»
«Ich hatte Angst vor Ihnen», gab sie unumwunden zu. «Lady Astwell konnte ja nicht so bestimmt wissen wie ich, daß Charles schuldig war, und ich durfte nichts sagen. Daher hegte ich die verzweifelte Hoffnung, daß Sie den Fall ablehnen würden.»
«Wenn Sie das nicht so offensichtlich angestrebt hätten, hätte ich es vielleicht auch getan», bemerkte er trocken.
Lily warf ihm rasch einen Blick zu; ihre Lippen zitterten ein wenig.
«Und nun, Monsieur Poirot — was wollen Sie nun tun?»
«Was Sie angeht, Mademoiselle, nichts. Ich glaube Ihnen und akzeptiere Ihre Geschichte. Als nächstes werde ich nach London fahren und Inspektor Miller aufsuchen.»

«Und dann?» fragte Lily.
«Und dann», sagte Poirot, «werden wir mal sehen.»
Draußen vor der Tür des Studierzimmers sah er sich noch einmal das kleine Stückchen Chiffon in seiner Hand an.
«Erstaunlich», murmelte er selbstgefällig vor sich hin, «diese Findigkeit, diese Geistesblitze von Hercule Poirot!»

Inspektor Miller hatte Monsieur Poirot nicht gerade besonders in sein Herz geschlossen. Er gehörte am Yard nicht zu der kleinen Gruppe von Inspektoren, die Poirot als Mitarbeiter willkommen hießen. Er pflegte zu sagen, Hercule Poirot werde stark überschätzt. In diesem Falle war er seiner Sache ziemlich sicher. Infolgedessen begrüßte er Poirot in guter Laune.
«Sie vertreten Lady Astwell, nicht wahr? Da haben Sie sich aber in die Tinte gesetzt.»
«Es besteht also gar kein Zweifel in diesem Falle?»
Miller kniff ein Auge zu. «Niemals einen klareren Fall gehabt. Man müßte denn schon den Mörder direkt mit bluttriefenden Händen bei der Tat ertappen.»
«Soviel ich weiß, hat Leverson eine Erklärung abgegeben, nicht wahr?»
«Er hätte besser daran getan, seinen Mund zu halten», sagte der Inspektor. «Er wiederholt immer wieder, daß er sofort nach oben auf sein Zimmer gegangen und überhaupt nicht mehr in der Nähe seines Onkels gewesen sei. Das ist eine törichte Geschichte, angesichts der Tatsachen.»
«Das ganze Beweismaterial spricht gewiß stark dagegen», murmelte Poirot. «Was für einen Eindruck haben Sie denn von diesem jungen Mr. Leverson?»
«Verdammt blöder Kerl!»
«Ein schwacher Charakter, wie?»
Der Inspektor nickte.
«Man sollte es kaum für möglich halten, daß so ein Typ den Mumm hat, ein derartiges Verbrechen zu begehen.»
«Auf den ersten Blick hin, nein», gab der Inspektor zu. «Aber du meine Güte, wie oft habe ich das in meiner Praxis schon erlebt: Treiben Sie einen schwachen, vergnügungssüchtigen jungen Mann in die Enge, füllen Sie ihn mit zuviel Alkohol, und für eine kurze Zeit haben Sie ihn in einen Eisenfresser verwan-

delt. Ein schwacher, in die Enge getriebener Mann ist gefährlicher als ein Kraftmensch.»

«Das stimmt allerdings, da haben Sie ganz recht.»

Miller wurde etwas leutseliger.

«Für Sie ist es natürlich einerlei, Monsieur Poirot», sagte er. «Sie bekommen Ihr Honorar so oder so. Sie müssen selbstverständlich so tun, als ob Sie das Beweismaterial prüften, um ihre Ladyship zufriedenzustellen. Das kann ich alles gut verstehen.»

«Was Sie nicht alles verstehen», murmelte Poirot und verabschiedete sich.

Sein nächster Besuch galt dem Rechtsanwalt, der Charles Leverson vertrat. Mr. Mayhew war ein dünner, trockener, vorsichtiger Mann. Er empfing Poirot mit großer Reserviertheit. Poirot hatte jedoch seine eigene Art, Vertrauen zu erwecken. Bereits nach zehn Minuten unterhielten sich die beiden in liebenswürdigster Weise.

«Sie verstehen mich doch recht», sagte Poirot. «Ich vertrete einzig und allein Mr. Leverson. Das ist Lady Astwells Wunsch. Sie ist überzeugt, daß er unschuldig ist.»

«Ja, ja, ganz recht», sagte Mr. Mayhew ohne besondere Begeisterung.

Poirot zwinkerte mit den Augen. «Sie halten wohl nicht viel von Lady Astwells Überzeugungen, wie?»

«Morgen mag sie ebensosehr von seiner Schuld überzeugt sein», antwortete der Anwalt trocken.

«Ihre Intuitionen sind natürlich kein Beweis», gab Poirot zu, «und auf den ersten Blick hin steht die Sache sehr schlimm für diesen armen jungen Mann.»

«Es ist schade, daß er der Polizei diesen Unsinn erzählt hat», sagte der Anwalt. «Es ist ganz zwecklos für ihn, bei der Geschichte zu bleiben.»

«Beharrt er Ihnen gegenüber auch auf seiner Aussage?»

Mayhew nickte. «Er ändert sie auch nicht um ein Jota. Er wiederholt sie wie ein Papagei.»

«Und das hat Ihren Glauben an ihn zerstört», sagte Poirot sinnend. «Leugnen Sie es nicht ab», fügte er schnell hinzu und hob abwehrend die Hand. «Ich sehe es nur zu deutlich. In Ihrem Herzen halten Sie ihn für schuldig. Aber hören Sie einmal auf mich, Hercule Poirot. Ich will Ihnen einen Fall vortragen:

Dieser junge Mann kommt nach Hause; er hat einen Cocktail, noch einen Cocktail und abermals einen Cocktail getrunken, zweifellos auch viele englische Whiskies mit Soda. Er ist von einem sogenannten Säufermut erfüllt. In dieser Stimmung schließt er die Haustür auf und steigt mit wankenden Schritten zum Turmzimmer hinauf. Er schaut zur Tür hinein und sieht in dem gedämpften Licht seinen Onkel, anscheinend über den Schreibtisch gebeugt.

Wie bereits erwähnt, hat Mr. Leverson sich Mut angetrunken. Er nimmt kein Blatt vor den Mund und sagt seinem Onkel klipp und klar, was er von ihm denkt. Er ist herausfordernd und beleidigend. Sein Onkel aber erwidert nichts, und das macht ihn immer mutiger; er redet mehr und mehr, sagt immer wieder dasselbe und jedesmal lauter. Aber schließlich macht ihn das anhaltende Schweigen seines Onkels doch beklommen. Er geht zu ihm hin und legt ihm die Hand auf die Schulter. Unter dieser Berührung sinkt die Gestalt seines Onkels zusammengekauert zu Boden.

Nun ist er plötzlich nüchtern, dieser Mr. Leverson. Der Stuhl fällt krachend um, und Leverson beugt sich über Sir Reuben. Es wird ihm klar, was geschehen ist. Er blickt auf seine Hand, die mit etwas Warmem, Rotem bedeckt ist. Er gerät nun in eine Panik und gäbe alles in der Welt darum, wenn er doch nur den Schrei, der sich soeben seinen Lippen entrungen hat und durchs Haus hallt, zurückrufen könnte. Mechanisch hebt er den Stuhl auf. Dann eilt er zur Tür hinaus und horcht. Er bildet sich ein, er höre ein Geräusch. Automatisch tut er sofort, als spräche er mit seinem Onkel durch die offene Tür.

Das Geräusch wiederholt sich nicht. Er ist nun überzeugt, daß er sich verhört hat. Es herrscht völliges Schweigen, und er schleicht sich nach oben auf sein Zimmer. Dort kommt ihm der Gedanke, daß es vielleicht viel besser ist, wenn er so tut, als habe er seinen Onkel in der Nacht gar nicht aufgesucht. So erzählt er dann seine Geschichte. Man muß bedenken, daß Parsons damals noch nichts von dem erwähnt hatte, was er hörte. Als Parsons dann darüber spricht, ist es zu spät für Leverson, die Geschichte zu ändern. In seiner Dummheit, in seinem Eigensinn, bleibt er dabei. Nun sagen Sie mir, Monsieur, hätte es nicht so sein können?»

«Ja», sagte der Anwalt, «so wie Sie es hinstellen, halte ich es auch für möglich.»
Poirot erhob sich.
«Sie haben das Privileg, Mr. Leverson zu sehen. Wiederholen Sie ihm, was ich gesagt habe, und fragen Sie ihn, ob es sich nicht so verhält.»
Draußen vor dem Büro des Anwalts winkte Poirot ein Taxi herbei:
«Harley Street 348», sagte er zum Chauffeur.

Poirots Abreise nach London war für Lady Astwell völlig überraschend gekommen, denn der kleine Mann hatte nichts von seinen Plänen erwähnt. Als er vierundzwanzig Stunden später zurückkehrte, meldete ihm Parsons, daß Lady Astwell ihn sobald wie möglich zu sprechen wünsche. Poirot fand die Dame in ihrem Zimmer. Sie lag inmitten vieler Kissen auf einem Diwand und sah auffallend schlecht und hager aus, viel schlechter als an dem Tage, an dem Poirot angekommen war.
«Sie sind also wieder zurück, Monsieur Poirot?»
«Jawohl, Mylady.»
«Sie waren in London?»
Poirot nickte.
«Warum haben Sie mir vorher nichts davon gesagt?» fragte sie scharf.
«Ich bitte tausendmal um Verzeihung, Mylady. Es war nicht richtig von mir. Ich hätte es Ihnen sagen sollen. Das nächste Mal —»
«Werden Sie genau so handeln», unterbrach sie ihn mit etwas boshaftem Humor. «Erst handeln, dann reden, das ist schon Ihr Motto.»
«Ist es nicht vielleicht auch Myladys Motto?» fragte er und zwinkerte belustigt mit den Augen.
«Hin und wieder, vielleicht», gab sie zu. «Was haben Sie in London gemacht, Monsieur Poirot? Das können Sie mir ja wohl erzählen, nicht wahr?»
«Ich hatte eine Unterredung mit dem guten Inspektor Miller. Ebenfalls mit dem ausgezeichneten Mr. Mayhew.»
Lady Astwell blickte ihn forschend an.
«Und Sie glauben jetzt —?» sagte sie langsam.

«Daß Charles Leverson unschuldig sein mag. Es besteht jedenfalls die Möglichkeit», sagte er ernst.
«Aha!» Lady Astwell richtete sich halb auf und warf dabei zwei Kissen auf den Boden. «Ich hatte also doch recht!»
«Ich habe nur von einer Möglichkeit gesprochen, Madame, weiter nichts.»
Etwas in seinem Ton schien sie zu beeindrucken. Sie stütze sich auf einen Ellbogen und blickte ihn durchdringend an.
«Kann ich Ihnen behilflich sein?» fragte sie.
«Ja.» Er nickte. «Sie können mir sagen, Lady Astwell, warum Sie Owen Trefusis verdächtigen.»
«Das habe ich Ihnen schon gesagt. Ich *weiß* es – das ist alles.»
«Leider genügt das nicht», sagte Poirot trocken. «Denken Sie einmal zurück an den verhängnisvollen Abend, Mylady. Versuchen Sie, sich alle Einzelheiten, jedes kleinste Geschehen, ins Gedächtnis zurückzurufen. Was haben Sie an dem Sekretär beobachtet? Ich, Hercule Poirot, sage Ihnen, es muß Ihnen etwas aufgefallen sein.»
Lady Astwell schüttelte den Kopf.
«Ich habe ihn den ganzen Abend kaum bemerkt und bestimmt nicht an ihn gedacht.»
«Ihre Gedanken waren anderweitig beschäftigt?»
«Ja.»
«Mit dem Groll Ihres Gatten gegen Miss Lily Margrave?»
«Das stimmt», sie nickte mit dem Kopf. «Sie sind anscheinend völlig im Bilde, Monsieur Poirot.»
«Ich weiß alles», erklärte der kleine Mann mit einer komisch grandiosen Miene.
«Ich mag Lily gern, das werden Sie ja schon gemerkt haben, Monsieur Poirot. Reuben machte einen Mordsspektakel wegen ihrer Referenzen. Wohlgemerkt, sie hatte tatsächlich geschwindelt. Das gebe ich ohne weiteres zu. Aber du meine Güte, ich habe in meiner Jugend noch ganz andere Sachen gemacht. Man muß mit allen Hunden gehetzt sein, um Theaterleiter herumzukriegen. Es gibt wohl nichts, was ich zu meiner Zeit nicht geschrieben, gesagt oder getan hätte.
Lily wollte diesen Posten nun einfach haben, und sie hat dabei Schliche angewandt, die nicht ganz – sagen wir mal – *comme il faut* waren. Männer sind in der Hinsicht ja etwas komisch.

Nach dem Theater zu urteilen, das mein Mann wegen dieser Sache anstellte, hätte man annehmen können, Lily sei eine Bankangestellte, die mit Millionen durchgebrannt war. Ich war den ganzen Abend in schrecklicher Unruhe; denn wenn ich meinen Mann letzten Endes ja auch meistens um den Finger wikkeln konnte, so war er doch zuweilen furchtbar dickköpfig, der arme Reuben. So kam es, daß ich nicht viel Zeit und Aufmerksamkeit auf den Sekretär zu verschwenden hatte, und Mr. Trefusis fällt einem sowieso nicht besonders auf. Er ist einfach da, und damit hat sich das.»

«Das habe ich auch schon bemerkt», sagte Poirot. «Mr. Trefusis ist bestimmt keine aus dem Rahmen fallende Persönlichkeit.»

«Nein», sagte Lady Astwell, «er ist das genaue Gegenteil von Victor.»

«Mr. Victor Astwell ist – wenn ich mich so ausdrücken darf – sehr explosiv.»

«Das ist ein herrlicher Ausdruck für ihn», sagte Lady Astwell. «Er explodiert durchs ganze Haus wie ein Knallfrosch oder wie die Dinger heißen.»

«Ein etwas hitziges Temperament, nicht wahr?» meinte Poirot.

«Oh, ein richtiger Teufel, wenn er aufgebracht ist», sagte Lady Astwell. «Aber du lieber Himmel, *ich* habe keine Angst vor ihm. Sie wissen ja, Hunde die bellen, beißen nicht.»

Poirot blickte zur Decke.

«Und Sie können mir wirklich nichts über den Sekretär sagen?» murmelte er sanft.

«Ich sage Ihnen, Monsieur Poirot, ich *weiß*, daß er es war. Es ist Intuition. Die Intuition einer Frau –»

«Bringt keinen Mann an den Galgen», ergänzte Poirot, «und, was mehr für unseren Fall paßt, rettet keinen vom Galgen. Lady Astwell, wenn Sie aufrichtig von Mr. Leversons Unschuld überzeugt sind und Ihr Verdacht gegen den Sekretär wohlbegründet ist, wollen Sie sich auf ein kleines Experiment einlassen?»

«Was für ein Experiment?» fragte Lady Astwell mißtrauisch.

«Sind Sie bereit, sich in einen Zustand der Hypnose versetzen zu lassen?»

«Wozu denn das?»

Poirot beugte sich zu ihr hinüber.

«Wenn ich Ihnen sagen würde, Madame, daß Ihre Intuition sich auf Tatsachen gründet, die im Unterbewußtsein haften geblieben sind, würden Sie skeptisch sein. Ich will daher nur sagen, daß dieses von mir vorgeschlagene Experiment für den unglücklichen jungen Mann, Charles Leverson, von größter Wichtigkeit sein mag. Da schlagen Sie es mir doch wohl nicht ab, wie?»

«Wer soll denn hypnotisieren?» fragte Lady Astwell mißtrauisch. «Sie?»

«Ein Freund von mir, Lady Astwell. Wenn ich mich nicht täusche, fährt er gerade vor. Ich höre die Räder seines Wagens draußen auf dem Kies.»

«Wer ist es?»

«Ein Dr. Cazalet von Harley Street.»

«Ist er — in Ordnung?» fragte Lady Astwell ängstlich.

«Er ist kein Quacksalber, Madame, wenn Sie das meinen sollten. Sie können sich ihm ohne Bedenken anvertrauen.»

«Na», sagte Lady Astwell mit einem Seufzer, «ich glaube ja zwar, es ist alles Hokuspokus, aber Sie können es versuchen, wenn Sie wollen. Niemand soll sagen, daß ich Ihnen einen Stein in den Weg gelegt habe.»

«Tausend Dank, Mylady.»

Poirot eilte aus dem Zimmer. Nach wenigen Minuten kam er zurück und machte Lady Astwell mit einem heiteren, pausbäkkigen kleinen Mann bekannt, der eine Brille trug und ihre Vorstellungen von einem Hypnotiseur völlig über den Haufen warf.

«Na», sagte Lady Astwell gutmütig, «wie soll denn dieser Unsinn vor sich gehen?»

«Ganz einfach, Lady Astwell, ganz einfach», sagte der kleine Doktor. «Lehnen Sie sich entspannt zurück — so — ganz recht, ganz recht. Nur keine Aufregung.»

«Ich bin durchaus nicht aufgeregt», sagte Lady Astwell. «Ich möchte bloß den mal sehen, der mich gegen meinen Willen hynotisieren wollte.»

«Ja, aber wenn Sie eingewilligt haben, ist es ja nicht gegen Ihren Willen, nicht wahr?» sagte er heiter. «Schalten Sie bitte das andere Licht aus, Monsieur Poirot. Nun lassen Sie sich einfach einschläfern, Lady Astwell.»

Er änderte seine Stellung ein wenig.

«Es ist schon spät. Sie sind müde – sehr müde. Ihre Lider werder schwer, sie fallen zu – fallen zu – fallen zu. Bald werden Sie schlafen ...»
Er sprach weiter mit monotoner Stimme, besänftigend, immer im gleichen Tonfall. Plötzlich beugte er sich vor und hob Lady Astwells rechtes Augenlid sanft empor. Dann wandte er sich Poirot zu und nickte zufrieden.
«Es ist soweit», sagte er leise. «Soll ich fortfahren?»
«Ja, bitte.»
Der Doktor sprach in scharfem, gebieterischem Ton: «Sie schlafen jetzt, Lady Astwell, aber Sie hören mich, und Sie können meine Fragen beantworten.»
Ohne sich zu rühren oder die Augen aufzuschlagen, antwortete die regungslose Gestalt auf dem Sofa mit leiser, monotoner Stimme:
«Ich höre Sie. Ich kann Ihre Fragen beantworten.»
«Lady Astwell, besinnen Sie sich bitte auf den Abend, an dem Ihr Gatte ermordet wurde. Erinnern Sie sich an den Abend?»
«Ja.»
«Sie saßen am Eßtisch. Beschreiben Sie mir, was Sie sahen und fühlten.»
Die ausgestreckte Figur bewegte sich etwas unruhig.
«Ich bin sehr unglücklich. Ich mache mir Sorgen um Lily.»
«Das wissen wir. Sagen Sie uns, was Sie gesehen haben.»
«Victor ißt alle Salzmandeln auf; er ist ungezogen. Morgen werde ich Parsons sagen, er soll die Schale nicht in seine Nähe stellen.»
«Weiter, Lady Astwell.»
«Reuben ist heute abend schlechter Laune. Nicht nur Lilys wegen, glaube ich. Es sind wohl geschäftliche Angelegenheiten. Victor wirft ihm merkwürdige Blicke zu.»
«Erzählen Sie uns etwas über Mr. Trefusis, Lady Astwell.»
«Seine linke Manschette ist ausgefranst. Er schmiert sich viel Pomade aufs Haar. Ich wollte, die Männer ließen das sein; es ruiniert die Bezüge im Salon.»
Cazalet blickte Poirot an. Der machte eine leichte Bewegung mit dem Kopf.
«Es ist nach dem Essen, Lady Astwell, Sie trinken Kaffee. Beschreiben Sie mir die Szene.»

«Der Kaffe ist gut. Er ist immer verschieden. In bezug auf Kaffee ist kein Verlaß auf die Köchin. Lily schaut dauernd zum Fenster hinaus. Ich weiß nicht, warum. Nun kommt Reuben ins Zimmer. Er ist heute abend in denkbar schlechter Laune und überschüttet den armen Trefusis geradezu mit einer Flut von Schmähungen. Mr. Trefusis hat einen Brieföffner in der Hand, den großen, der so scharf ist wie ein Messer. Wie fest er ihn greift. Seine Knöchel sind ganz weiß. Sehen Sie nur, er hat ihn so heftig in den Tisch gestoßen, daß die Spitze abgebrochen ist. Er hält ihn so, als wolle er jemanden erdolchen. Da, nun sind sie zusammen hinausgegangen. Lily hat ihr grünes Abendkleid an. Sie sieht so hübsch aus in Grün, wie eine Lilie. Nächste Woche muß ich die Bezüge reinigen lassen.»

«Einen Augenblick mal, Lady Astwell.»

Der Arzt lehnte sich zu Poirot hinüber.

«Wir haben es, glaube ich», murmelte er. «Die Angelegenheit mit dem Brieföffner hat sie wohl überzeugt, daß der Sekretär es getan hat.»

«Lassen Sie uns jetzt zu der Szene im Turmzimmer übergehen», sagte Poirot.

Der Arzt nickte, und mit seiner hellen, energischen Stimme stellte er von neuem Fragen an Lady Astwell.

«Es ist noch später Abend. Sie sind mit Ihrem Gatten im Turmzimmer. Sie haben einen entsetzlichen Auftritt mit ihm gehabt, nicht wahr?»

Wiederum machte sie eine unruhige Bewegung.

«Ja, schrecklich — schrecklich! Wir haben uns furchtbare Dinge an den Kopf geworfen — alle beide.»

«Vergessen Sie das bitte für den Augenblick. Sie können den Raum deutlich sehen. Die Vorhänge sind zugezogen, das Licht brennt.»

«Nicht die Deckenbeleuchtung, nur die Schreibtischlampe.»

«Jetzt verlassen Sie Ihren Gatten, Sie sagen ihm gute Nacht.»

«Nein, ich war zu wütend.»

«Es ist das letzte Mal, daß Sie ihn lebend sehen. Kurz darauf wird er ermordet werden. Wissen Sie, wer ihn ermordet hat, Lady Astwell?»

«Ja, Mr. Trefusis.»

«Warum behaupten Sie das?»

«Wegen der Ausbuchtung — der Ausbuchtung im Vorhang.»
«War da eine Ausbuchtung im Vorhang?»
«Ja.»
«Das haben Sie deutlich gesehen?»
«Ja, ich habe sie fast berührt.»
«War ein Mann dahinter versteckt — etwa Mr. Trefusis?»
«Ja.»
«Woher wissen Sie das?»
Zum ersten Male zögerte die monotone Stimme mit ihrer Antwort und verlor ihre Sicherheit.
«Ich — ich — wegen des Brieföffners.»
Poirot und der Arzt wechselten schnell wieder einen Blick.
«Ich verstehe nicht recht, Lady Astwell. Sprachen Sie nicht von einer Ausbuchtung im Vorhang? Und von einem Mann, der dort versteckt war? Haben Sie die Person nicht gesehen?»
«Nein.»
«Sie glaubten, es sei Mr. Trefusis, weil er den Brieföffner so merkwürdig angefaßt hat?»
«Ja.»
«Aber Mr. Trefusis war doch bereits aus dem Zimmer gegangen, nicht wahr?»
«Ja — ja, das ist richtig. Er war aus dem Zimmer gegangen.»
«Also konnte er es nicht gewesen sein, der in der Fensternische hinter dem Vorhang stand?»
«Nein — nein, natürlich nicht. Er war nicht da.»
«Er hatte Ihrem Gatten schon früher gute Nacht gesagt, nicht wahr?»
«Ja».
«Und Sie haben ihn nicht wiedergesehen?»
«Nein.»
Sie rührte sich nun, warf sich hin und her und stöhnte leise.
«Sie kommt wieder zu sich», sagte der Arzt. «Na, ich denke, wir haben genug aus ihr herausbekommen, was?»
Poirot nickte, und der Arzt beugte sich über Lady Astwell.
«Sie wachen auf», murmelte er leise. «Sie erwachen jetzt. In der nächsten Minute werden Sie die Augen öffnen.»
Die beiden Männer warteten, und bald darauf richtete sich Lady Astwell auf und starrte sie beide an.
«Habe ich ein Nickerchen gemacht?»

«Ganz recht, Lady Astwell. Sie haben etwas geschlummert», sagte der Doktor.
Sie sah ihn an.
«Das war wohl Ihr Hokuspokus, wie?»
«Es hat Sie doch hoffentlich nicht migenommen?» fragte er.
Lady Astwell gähnte.
«Ich bin ziemlich müde und abgespannt.»
Der Arzt stand auf.
«Ich werde Ihnen eine Tasse Kaffee bringen lassen», sagte er, «und dann wollen wir Sie für einen Augenblick in Ruhe lassen.»
«Habe ich — etwas gesagt?» rief Lady Astwell hinter den beiden her, als sie schon an der Tür waren.
Poirot lächelte ihr zu.
«Nichts von Bedeutung, Madame. Sie teilten uns mit, daß die Bezüge im Salon gereinigt werden müßten.»
«Das stimmt auch», sagte Lady Astwell. «Aber um das aus mir herauszubekommen, hätten Sie mich nicht zu hypnotisieren brauchen.» Sie lachte gutmütig. «Sonst noch etwas?»
«Können Sie sich daran erinnern, daß Mr. Trefusis im Salon einen Brieföffner in die Hand nahm?» fragte Poirot.
«Das weiß ich wirklich nicht», sagte Lady Astwell. «Es mag sein.»
«Sagt Ihnen eine Ausbuchtung im Vorhang etwas?»
«Mir schwebt etwas vor», sagte sie langsam. «Nein, es ist schon wieder fort, und doch —»
«Quälen Sie sich nicht, Lady Astwell», sagte Poirot schnell. «Es ist belanglos — völlig belanglos.»
Der Arzt ging mit Poirot auf dessen Zimmer.
«Na, ich glaube», sagte Cazalet, «das hat ziemlich viel Licht in die Angelegenheit gebracht. Es besteht kein Zweifel, daß der Sekretär den Brieföffner fest umklammerte, als er von Sir Reuben abgekanzelt wurde, und starke Selbstkontrolle ausüben mußte, um einen Zornesausbruch zu unterdrücken. In ihrem Bewußtsein beschäftigte sich Lady Astwell ganz und gar mit Lily Margraves Problem, aber im Unterbewußtsein hat sie die Handlung wahrgenommen und ihr eine falsche Bedeutung beigelegt.
Sie gewann dadurch die feste Überzeugung, daß Sir Reuben

von Trefusis ermordet wurde. Nun kommen wir zu der Ausbuchtung im Vorhang. Das ist interessant. Ihrer Beschreibung des Turmzimmers entnehme ich, daß der Schreibtisch in der Fensternische steht. Das Fenster hat natürlich Vorhänge, nicht wahr?»
«Ja, *mon ami*, schwarze Samtvorhänge.»
«Und ist genug Platz vorhanden, daß sich jemand hinter den Vorhängen verbergen kann?»
«Ja, gerade genug, glaube ich.»
«Dann scheint wenigstens die Möglichkeit zu bestehen», sagte der Doktor langsam, «daß jemand sich im Zimmer versteckt hielt. Aber dann konnte es nicht der Sekretär sein, da sie beide gesehen haben, wie er das Zimmer verließ. Victor Astwell konnte es auch nicht sein; denn Trefusis stieß mit ihm zusammen, als Victor aus dem Zimmer kam, und Lily Margrave kommt auch nicht in Frage. Wer es auch gewesen sein mag, er mußte sich dort versteckt haben, bevor Sir Reuben an dem Abend das Zimmer betrat. Sie haben mir die Situation ja ziemlich gut beschrieben. Wie steht es denn mit Captain Naylor? Hätte der sich dort verstecken können?»
«Das wäre schon möglich», gab Poirot zu. «Es steht fest, daß er im Hotel gegessen hat. Wann er aber nach dem Essen ausgegangen ist, ist schwer zu sagen. Zurückgekehrt ist er um halb eins.»
«Dann mag er es gewesen sein», sagte der Arzt, «und wenn das der Fall ist, hat er auch das Verbrechen begangen. Er hatte ein Motiv und eine Waffe gleich zur Hand. Aber wie mir scheint, findet die Idee keinen rechten Anklang bei Ihnen.»
«Ich habe andere Ideen», gestand Poirot. «Nun sagen Sie mir eins, *Monsieur le docteur* — nehmen wir für eine Sekunde an, Lady Astwell selbst habe das Verbrechen begangen. Würde sie in der Hypnose diese Tatsache ohne weiteres verraten?»
Der Arzt pfiff leise vor sich hin.
«So, also daher weht der Wind. Lady Astwell ist die Täterin, wie? Möglich ist das natürlich. Bis zu diesem Augenblick habe ich allerdings nicht daran gedacht. Sie war zuletzt bei ihm, und niemand hat ihn danach lebend gesehen. Ihre Frage möchte ich jedoch mit einem ‹Nein› beantworten. Lady Astwell würde sich der Hypnose unterziehen mit dem starken innerlichen Vor-

behalt, nichts über ihre Rolle bei dem Verbrechen zu sagen. Sie würde meine Fragen wahrheitsgetreu beantworten, aber über diesen einen Punkt würde sie schweigen. Allerdings hätte ich dann kaum erwartet, daß sie so sehr auf Mr. Trefusis' Schuld bestehen würde.»

«Ich verstehe», sagte Poirot. «Aber ich habe nicht behauptet, daß Lady Astwell die Täterin sei. Es ist nur eine Idee, weiter nichts.»

«Es ist ein interessanter Fall», sagte der Doktor nach einer Weile. «Selbst wenn Mr. Leverson unschuldig ist, gibt es noch so viele Möglichkeiten: Humphrey Naylor, Lady Astwell und selbst Lily Margrave.»

«Das ist noch jemand, den Sie nicht erwähnt haben», sagte Poirot ruhig. «Victor Astwell. Wie er selbst zugab, saß er in seinem Zimmer bei offener Tür, um auf Charles Leversons Rückkehr zu warten. Aber wir haben nur sein Wort dafür, verstehen Sie?»

«Das ist der Mann mit dem aufbrausenden Temperament, nicht wahr?» fragte der Arzt.

«Das stimmt», gab Poirot zu.

Der Doktor erhob sich.

«Ich muß jetzt zurück in die Stadt. Sie werden mich aber hoffentlich auf dem laufenden halten, nicht wahr?»

Sobald der Doktor gegangen war, klingelte Poirot nach George.

«Bitte, eine Tasse *Kräutertee*, George. Meine Nerven haben ziemlich gelitten.»

«Gewiß, Sir», sagte George, «ich will ihn sofort zubereiten.»

Zehn Minuten später brachte er seinem Herrn eine dampfende Tasse. Poirot atmete den bitteren Duft mit Behagen ein. Während er seinen Trunk schlürfte, redete er laut vor sich hin:

«Die Jagd ist doch immer wieder anders. Um den Fuchs zu fangen, galoppiert man in Begleitung von Hunden hinter ihm her. Man schreit, man rennt, alles ist Eile und Bewegung. Die Hirschjagd ist wieder so ganz anders. Hier kriecht man endlose Stunden auf dem Bauch umher. Wir, mein guter George, dürfen keine dieser beiden Methoden anwenden. Wir müssen uns ein Beispiel an der Hauskatze nehmen. Stundenlang wacht sie vor einem Mauseloch. Regungslos, untätig liegt sie auf der Lauer – aber sie geht nicht fort.»

Seufzend stellte er die leere Tasse weg.
«Damals bat ich Sie, so zu packen, daß es für ein paar Tage reichen würde. Morgen, mein guter George, müssen Sie nach London fahren und so viele Sachen holen, daß wir für vierzehn Tage genug haben.»
«Sehr wohl, Sir», sagte George, der sich durch nichts aus dem Gleichgewicht bringen ließ.

Die anscheinend dauernde Anwesenheit von Hercule Poirot ging vielen Leuten in Lady Astwells Haushalt auf die Nerven. Victor Astwell remonstrierte deswegen bei seiner Schwägerin.
«Es ist alles ganz gut und schön, Nancy. Aber du kennst diese Burschen nicht. Er hat hier ein recht bequemes Quartier gefunden und will sich offenbar für einen Monat häuslich niederlassen. Während der ganzen Zeit wird er dir außerdem noch zwei Guineen pro Tag anrechnen.»
Worauf Lady Astwell prompt erwiderte, das sei ihre Sache, und sie brauche keine fremde Einmischung.
Lily Margrave versuchte krampfhaft, ihre Unruhe zu verbergen. Erst war sie überzeugt gewesen, daß Poirot ihrer Darstellung Glauben geschenkt hatte. Jetzt aber war sie dessen nicht mehr so sicher.
Poirot spielte indessen nicht nur eine abwartende Rolle. Am fünften Tage seines Aufenthaltes brachte er ein kleines Sammleralbum für Fingerabdrücke mit hinunter zum Essen. Es schien eine ziemlich plumpe Methode, um die Fingerabdrücke der einzelnen Haushaltmitglieder zu bekommen. Aber vielleicht war sie doch nicht so plump, wie es den Anschein hatte, denn niemand konnte einem Sammler seine Fingerabdrücke verweigern. Erst nachdem der kleine Mann zu Bett gegangen war, machte Victor Astwell seinem Herzen Luft.
«Du siehst ja wohl nun, was es bedeutet, Nancy. Er hat es auf einen von uns abgesehen.»
«Mach dich doch nicht lächerlich, Victor.»
«Was bezweckte er denn sonst mit seinem verflixten kleinen Buch?»
«Monsieur Poirot, weiß, was er tut», sagte Lady Astwell selbstzufrieden und blickte dabei Owen Trefusis bedeutungsvoll an.
Bei einer anderen Gelegenheit führte Poirot ein neues Spiel ein:

er nahm von allen Hausbewohnern Fußabdrücke. Am nächsten Morgen schlich er sich wie ein Katze in die Bibliothek und erschreckte Owen Trefusis, der, wie von einer Tarantel gestochen, aufsprang.
«Sie müssen schon entschuldigen, Monsieur Poirot», sagte er etwas pikiert, «aber Sie machen uns alle ganz nervös.»
«Aber wieso denn?» fragte der kleine Mann mit unschuldigster Miene.
«Ich muß gestehen», sagte der Sekretär, «daß ich das Beweismaterial gegen Charles Leverson völlig erdrückend fand. Sie sind aber anscheinend anderer Meinung.»
Poirot, der bis dahin zum Fenster hinausgeschaut hatte, wandte sich plötzlich dem Sekretär zu.
«Ich will Ihnen mal etwas sagen, Mr. Trefusis – im tiefsten Vertrauen.»
«Ja?»
Poirot schien es jedoch nicht eilig zu haben. Er zögerte eine Weile. Als er endlich zu sprechen begann, fielen seine ersten Worte mit dem Öffnen und Schließen der Haustür zusammen. Für einen Mann, der eine vertauliche Mitteilung zu machen hatte, sprach er recht laut. Seine Stimme übertönte die Schritte draußen in der Halle.
«Ich sage Ihnen dies im Vertrauen, Mr. Trefusis. Ich habe neue Beweise gesammelt. Danach war Sir Reuben bereits tot, als Charles Leverson das Turmzimmer an jenem Abend betrat.»
Der Sekretär starrte ihn an.
«Aber was für Beweise? Warum haben wir noch nichts davon gehört?»
«Sie werden schon noch davon hören», sagte der kleine Mann geheimnisvoll. «Inzwischen bleibt das Geheimnis unter uns.»
Mit diesen Worten sprang er behende aus dem Zimmer und prallte in der Halle fast mit Victor Astwell zusammen.
«Sie sind wohl gerade erst hereingekommen, Monsieur?»
Astwell nickte.
«Garstig draußen», sagte er, schwer atmend, «kalt und windig.»
«Ah», sagte Poirot, «ich werde also keine *promenade* machen – ich bin wie eine Katze, ich sitze lieber am Feuer und wärme mich.»

«*Ça marche,* George, wir machen Fortschritte», sagte er am Abend zu seinem getreuen Diener und rieb sich vergnügt die Hände. «Sie sind alle nervös, sitzen wie auf Kohlen! Es ist nicht leicht, George, wie eine Katze auf der Lauer zu liegen, aber es macht sich bezahlt, ja, es macht sich sehr gut bezahlt. Morgen werden wir noch mehr Eindruck machen.»

Am nächsten Tage sah Trefusis sich gezwungen, nach London zu fahren. Er nahm denselben Zug wie Victor Astwell. Kaum hatten sie das Haus verlassen, als Poirot sich, wie elektrisiert, in eine fieberhafte Tätigkeit stürzte.

«Kommen Sie, George, schnell an die Arbeit. Wenn das Hausmädchen in das Zimmer will, müssen Sie sie daran hindern. Flüstern Sie ihr ein paar süße, nichtssagende Worte ins Ohr und sehen Sie zu, daß sie auf jeden Fall auf dem Flur bleibt.»

Er ging zunächst in das Zimmer des Sekretärs, das er gründlich untersuchte. Keine Schublade, kein Regal blieb verschont. räumte er alles in großer Hast wieder ein und erklärte seine Inspektion für beendet. George, der an der Tür Wache hielt, räusperte sich diskret.

«Verzeihung, Sir.»

«Was haben Sie, mein guter George?»

«Die Schuhe, Sir. Die zwei Paar braunen Schuhe standen auf dem zweiten Regal und die Lackschuhe auf dem unteren. Sie haben es beim Aufräumen gerade umgekehrt gemacht.»

«Fabelhaft!» sagte Poirot mit einer bewundernden Geste. «Aber das soll uns nicht weiter beunruhigen. Es ist völlig belanglos, George. Mr. Trefusis wird solchen Kleinigkeiten überhaupt keine Beachtung schenken.»

«Wie Sie meinen, Sir», sagte George.

«Es ist natürlich Ihre Pflicht, auf so etwas zu achten», sagte Poirot und klopfte ihm ermunternd auf die Schulter. «Es macht Ihnen alle Ehre.»

Der Diener erwiderte nichts. Auch machte er später keine Bemerkung, als sich der Vorgang in Victor Astwells Zimmer wiederholte und Mr. Astwells Unterwäsche nicht ganz ordnungsgemäß in die Schubladen zurückgelegt wurde. Doch stellte es sich heraus, daß im letzteren Falle wenigstens der Diener recht und Poirot unrecht hatte; denn Victor Astwell stürmte abends wutschnaubend in den Salon.

«Hören Sie mal zu, Sie verdammter kleiner belgischer Fatzke, was fällt Ihnen eigentlich ein, mein Zimmer zu durchwühlen? Was hoffen Sie denn dort zu finden, zum Kuckuck nochmal? Ich wünsche so etwas nicht, verstehen Sie? Das kommt davon, wenn man einen herumschnüffelnden kleinen Spion im Hause hat.»

Poirot spreizte beredt die Finger, während die Worte nur so aus ihm heraussprudelten. Er bat hundertmal, tausendmal, millionenmal um Verzeihung. Er sei ungeschickt, übereifrig gewesen. Es sei ihm furchtbar peinlich. Er schäme sich. Er habe sich eine unverzeihliche Freiheit herausgenommen. Diesem Redeschwall konnte der aufgebrachte Victor schließlich nicht mehr widerstehen. Seine Wut legte sich, obwohl er immer noch etwas knurrte.

Und wiederum murmelte Poirot, als er am Abend seinen Kräutertee trank:

«Die Sache macht sich, mein guter George, sie macht sich entschieden.»

«Freitag», sagte Poirot gedankenvoll, «ist mein Glückstag.»

«Wirklich, Sir?»

«Sie sind doch nicht abergläubisch, mein guter George?»

«Ich ziehe es vor, nicht der dreizehnte bei Tisch zu sein. Auch gehe ich nicht gern unter einer Leiter durch. Aber in bezug auf Freitag bin ich nicht abergläubisch, Sir.»

«Das ist gut», sagte Poirot, «denn heute werden wir unsere Schlacht bei Waterloo schlagen.»

«Ja, Sir!»

«Sie sind so begeistert, mein guter George. Sie fragen nicht einmal, was ich vorhabe.»

«Und was ist das?»

«Heute unterziehe ich das Turmzimmer einer endgültigen, gründlichen Inspektion.»

Nach dem Frühstück begab sich Poirot tatsächlich mit Lady Astwells Erlaubnis zum Schauplatz des Verbrechens. Zu verschiedenen Zeiten während des Vormittags konnten die Haushaltsmitglieder beobachten, wie er dort auf allen vieren herumkroch, eingehend die schwarzen Samtvorhänge untersuchte und auf hohen Stühlen stand, um die Bilderrahmen an der Wand zu prüfen. Zum ersten Male spürte auch Lady Astwell ein unbehagliches Gefühl.

«Ich muß gestehen», sagte sie, «er geht mir endlich auch auf die Nerven. Er hat etwas in petto, und ich weiß nicht, was. Und wie er da oben auf dem Fußboden herumkriecht. Wie ein Hund! Ich bekomme direkt eine Gänsehaut, wenn ich das sehe. Was sucht er denn eigentlich nur? Das möchte ich endlich wissen. Lily, meine Liebe, gehen Sie doch mal nach oben und schauen Sie nach, was er jetzt wieder treibt. Ach nein, bleiben Sie doch lieber bei mir.»

«Soll ich hingehen, Lady Astwell?» fragte der Sekretär und stand von seinem Tisch auf.

«Das wäre sehr nett, Mr. Trefusis.»

Owen Trefusis verließ das Zimmer und stieg die Treppen zum Turmzimmer hinauf. Auf den ersten Blick hin schien das Zimmer leer zu sein. Jedenfalls war von Hercule Poirot nichts zu sehen. Mr. Trefusis wollte gerade wieder umkehren, da drang ein Geräusch an sein Ohr, und er entdeckte den kleinen Mann mitten auf der Wendeltreppe, die zum oberen Schlafzimmer führte.

Poirot kroch auf Händen und Knien umher. In der linken Hand hielt er ein Vergrößerungsglas, durch das er eingehend etwas betrachtete, das neben dem Treppenläufer lag.

Während der Sekretär ihn beobachtete, gab er plötzlich einen Grunzlaut von sich und steckte das Vergrößerungsglas in die Tasche. Dann stand er auf und hielt etwas zwischen Zeigefinger und Daumen. Im selben Augenblick wurde er sich anscheinend der Gegenwart des Sekretärs bewußt.

«Aha, Mr. Trefusis, ich habe Sie gar nicht kommen hören.»

In diesem Augenblick schien er wie umgewandelt. Ein triumphierendes Frohlocken strahlte ihm aus den Augen. Trefusis starrte ihn überrascht an.

«Was ist denn los, Monsieur Poirot? Sie sehen sehr zufrieden aus.»

Der kleine Mann warf sich in die Brust.

«Das bin ich auch! Endlich habe ich das gefunden, was ich von Anfang an gesucht habe. Hier zwischen Zeigefinger und Daumen halte ich das zur Überführung des Verbrechers allein notwendige Etwas.»

Der Sekretär zog die Augenbrauen hoch: «Dann war es also nicht Charles Leverson?»
«Es war nicht Charles Leverson», sagte Poirot. «Bis zur Minute wußte ich noch nicht, wer es war. Aber endlich ist alles klar.»
Er stieg die Treppe hinunter und klopfte dem Sekretär auf die Schulter.
«Ich muß sofort nach London fahren. Richten Sie das bitte Lady Astwell von mir aus. Ferner bitte ich darum, daß heute abend um neun Uhr sich alle hier im Turmzimmer versammeln. Ich werde dann zurück sein und die Wahrheit verkünden. O ja, ich habe allen Grund, zufrieden zu sein.»
Er führte einen phantastischen kleinen Tanz auf und verschwand aus dem Turmzimmer. Trefusis starrte hinter ihm her.
Etwas später erschien Poirot in der Bibliothek und erkundigte sich, ob jemand ihm eine kleine Pappschachtel geben könne.
«Leider habe ich so etwas nicht bei mir», erklärte er, «und ich brauche sie, um etwas sehr Wertvolles hineinzutun.»
Trefusis fand schließlich eine kleine Schachtel in einer der Schubladen, und Poirot schien hocherfreut darüber.
Er eilte mit seinem Schatzkästlein nach oben. Auf dem Treppenabsatz traf er George, dem er die Schachtel aushändigte.
«Es ist etwas Hochwichtiges darin, mein guter George. Legen Sie es in die zweite Schublade meiner Kommode neben die Juwelenschachtel, die meine Manschettenknöpfe enthält.»
«Sehr wohl, Sir», sagte George.
«Und gehen Sie äußerst vorsichtig damit um, George. In der Schachtel steckt etwas, das einen Mörder an den Galgen bringt.»
«Was Sie nicht sagen, Sir.»
Poirot eilte wieder nach unten, nahm seinen Hut und raste aus dem Haus.

Seine Rückkehr war nicht so dramatisch. Der treue George ließ ihn auf ausdrücklichen Befehl zur Seitentür herein.
«Sind sie alle im Turmzimmer?» fragte Poirot.
«Ja, Sir.»
Es folgte eine kurze Unterhaltung im Flüsterton. Dann stieg Poirot mit dem triumphierenden Schritt eines Siegers die Treppe hinauf und betrat das Zimmer, in dem vor kaum vier Wo-

chen der Mord stattgefunden hatte. Er ließ seine Blicke umherschweifen. Ja, sie waren alle da: Lady Astwell, Victor Astwell, Lily Margrave, der Sekretär und Parsons, der Butler, der sich unschlüssig an der Tür herumdrückte.
«George hat gesagt, Sir, man braucht mich hier», sagte Parsons, als Poirot erschien. «Ich weiß nicht, ob das richtig ist, Sir.»
«Ganz in Ordnung», sagte Poirot. «Bleiben Sie, bitte.»
Er ging mitten ins Zimmer.
«Dieser Fall ist von großem Interesse gewesen», sagte er mit langsamer, bedächtiger Stimme. «Er ist so interessant, weil jeder der Anwesenden Sir Reuben ermordet haben könnte. Wer beerbt ihn? Charles Leverson und Lady Astwell. Wer war zuletzt an jenem Abend bei ihm? Lady Astwell. Wer hatte einen heftigen Streit mit ihm? Wiederum Lady Astwell.»
«Was reden Sie da bloß für einen Unsinn?» rief Lady Astwell dazwischen. «Ich verstehe das nicht, ich —»
«Aber noch jemand hat sich mit Sir Reuben gezankt», fuhr Poirot nachdenklich fort. «Noch jemand hat ihn in rasender Wut verlassen. Nehmen wir an, Lady Astwell hat ihren Gatten um Viertel vor zwölf lebend im Turmzimmer zurückgelassen, da blieben noch zehn Minuten, bis Charles Leverson ins Haus kam, zehn Minuten, in denen jemand aus dem zweiten Stock sich hinunterschleichen, die Tat begehen und wieder auf sein Zimmer zurückkehren konnte.»
Victor Astwell sprang mit einem Schrei auf.
«Zum Teufel nochmal, was soll —» Er erstickte förmlich vor Wut.
«In einem Wutanfall Mr. Astwell, haben Sie schon einmal einen Mann getötet, und zwar in Westafrika.»
«Das glaube ich einfach nicht», rief Lily Margrave.
Sie trat einen Schritt vor, die Hände geballt und zwei hellrote Flecken auf den Wangen.
«Das glaube ich nicht», wiederholte sie und stellte sich direkt an Victor Astwells Seite.
«Es ist schon wahr, Lily», sagte Astwell. «Aber es liegen Dinge vor, von denen dieser Mann nichts weiß. Der Bursche, den ich getötet habe, war ein Medizinmann, der gerade fünfzehn Kinder umgebracht hatte. Ich bin der Ansicht, daß meine Handlung gerechtfertigt war.»

Lily ging zu Poirot hinüber.
«Monsieur Poirot», sagte sie ernsthaft, «Sie sind auf einer falschen Spur. Wenn ein Mann etwas hitzig ist und alles mögliche sagt in seinem Zorn, so ist das noch lange kein Grund, ihn des Mordes zu verdächtigen. Ich weiß – ich *weiß*, sage ich Ihnen, daß Mr. Astwell einer solchen Tat nicht fähig ist.»
Poirot blickte sie mit einem sehr seltsamen Lächeln an. Dann nahm er ihre Hand und streichelte sie sanft.
«Sehen Sie, Mademoiselle», sagte er leise, «Sie haben also auch Ihre Intuitionen. Sie glauben an Mr. Astwell, nicht wahr?»
«Mr. Astwell ist ein guter Mensch, und er ist grundehrlich. Er hat nichts mit der Sache zu tun, die mit den Mpala-Goldfeldern zusammenhängt. Er ist durch und durch anständig, und – ich habe ihm versprochen, ihn zu heiraten.»
Victor Astwell trat an ihre Seite und nahm ihre andere Hand.
«Ich schwöre vor Gott, Monsieur Poirot», sagte er, «ich habe meinen Bruder nicht ermordet.»
«Das weiß ich», sagte Poirot.
Seine Blicke schweiften im Zimmer umher.
«Hören Sie zu, liebe Freunde. Im Zustand der Hypnose hat Lady Astwell erwähnt, daß sie an jenem Abend eine Ausbuchtung im Vorhang bemerkt habe.»
Aller Augen richteten sich aufs Fenster.
«Wollen Sie damit sagen, daß sich ein Einbrecher dort verteckt hatte?» rief Victor Astwell. «Was für eine wunderbare Lösung!»
«Ah!» sagte Poirot sanft. «Es war aber nicht *der* Vorhang.»
Er fuhr herum und zeigte auf den Vorhang, der die kleine Wendeltreppe verdeckte.
«Sir Reuben hat das Schlafzimmer da oben in der Nacht vor dem Verbrechen benutzt. Er frühstückte im Bett und ließ Trefusis zu sich kommen, um ihm Instruktionen zu erteilen. Mr. Trefusis muß etwas im Schlafzimmer vergessen haben. Ich weiß nicht, was. Jedenfalls fiel es ihm ein, als er Sir Reuben und Lady Astwell gute Nacht sagte, und er rannte nach oben, um es zu holen. Ich glaube nicht, daß Sir Reuben oder Lady Astwell das gemerkt haben, denn sie hatten bereits eine heftige Diskussion begonnen. Sie waren mitten in diesem Streit, als Mr. Trefusis die Treppe wieder herunterkam.

Was die beiden sich gegenseitig an den Kopf warfen, war so intimer und persönlicher Natur, daß Mr. Trefusis sich in einer peinlichen Lage befand. Es war ihm klar, daß sie sich einbildeten, er habe das Zimmer vor einiger Zeit verlassen. Er fürchtete, Sir Reubens Zorn gegen sich zu entfachen, und beschloß, an Ort und Stelle zu bleiben und später hinauszuschlüpfen. Er blieb also hinter dem Vorhang stehen, und als Lady Astwell das Zimmer verließ, bemerkte sie im Unterbewußtsein den Umriß einer Gestalt hinter dem Vorhang.
Nachdem Lady Astwell gegangen war, versuchte Mr. Trefusis, unbemerkt hinauszuschleichen, aber Sir Reuben drehte sich zufällig um und entdeckte die Gegenwart des Sekretärs. Er war bereits in einer fürchterlichen Laune, und dies brachte ihn vollends in Rage. Er beschimpfte den Sekretär nach Strich und Faden und beschuldigte ihn, absichtlich gelauscht und spioniert zu haben.
Meine Damen und Herren, ich befasse mich mit Psychologie. In dem ganzen Fall habe ich keine Ausschau gehalten nach einer Person mit hitzigem Temperament; denn ein hitziges Temperament ist sein eigenes Sicherheitsventil. Wer bellen kann, beißt nicht. Nein, ich habe den Mann mit dem milden Temperament gesucht, den geduldigen und beherrschten Mann, den Mann, der neun Jahre lang die Rolle des Prügelknaben gespielt hat. Es ist keine Spannung so groß wie die, die jahrelang anhält, kein Groll so tief wie der, der sich langsam ansammelt.
Neun Jahre lang hat Sir Reuben seinen Sekretär gepiesackt und gequält, und neun Jahre lang hat es der Mann schweigend ertragen. Aber es kommt ein Tag, an dem die Spannung zuletzt ihren Höhepunkt erreicht. Dann *knallt's!* Das geschah in jener Nacht. Sir Reuben setzte sich wieder an seinen Schreibtisch. Der Sekretär aber, anstatt wie sonst demütig und bescheiden zur Tür zu gehen, greift nach der schweren Holzkeule und läßt sie auf den Kopf des Mannes niedersausen, der ihn einmal zu oft herausgefordet hatte.»
Er wandte sich an Trefusis, der ihn wie versteinert anstarrte.
«Es war so einfach, Ihr Alibi. Mr. Astwell wähnte Sie in Ihrem Zimmer, *aber niemand sah Sie dort hingehen.* Sie wollten sich gerade hinausschleichen, nachdem Sie Sir Reuben niedergeschlagen hatten. Da hörten Sie ein Geräusch, und Sie versteck-

ten sich eilig wieder hinter dem Vorhang. Dort standen Sie, als Charles Leverson ins Zimmer trat. Dort standen Sie, als Lily Margrave kam. Viel später erst krochen Sie durch ein schweigendes Haus in Ihr Zimmer. Wollen Sie das ableugnen?»
Trefusis begann zu stottern.
«Ich – ich bin niemals –»
«Ach! Lassen Sie uns endlich zum Schluß kommen. Zwei Wochen habe ich nun schon Komödie gespielt. Ich habe Ihnen gezeigt, wie sich das Netz langsam um Sie zusammenzog. Die Fingerabdrücke, die Fußabdrücke, die Durchsuchung Ihres Zimmers mit den schlecht weggeräumten Sachen – mit all diesen Dingen habe ich Ihnen Schrecken eingejagt. Sie haben nachts vor Angst und Grübeln wach gelegen. Sie haben sich gefragt, ob Sie wohl einen Fingerabdruck im Zimmer oder einen Fußabdruck sonstwo hinterlassen haben.
Immer wieder haben Sie die Ereignisse jener Nacht vor Ihren Augen abrollen lassen und sich hundertmal gefragt, was Sie getan und was Sie unterlassen haben. So habe ich Sie allmählich dazu gebracht, einen Fehler zu begehen. Ich habe gesehen, wie die Furcht Ihnen heute in die Augen sprang, als ich etwas von der Treppe aufhob, wo Sie in jener Nacht verborgen gestanden hatten. Dann machte ich ein großes Getue mit der kleinen Schachtel, der Aushändigung an George, und ging aus.»
Poirot wandte sich zur Tür. «George.»
«Hier bin ich, Sir.»
Der Diener trat vor.
«Wollen Sie bitte diesen Damen und Herren sagen, welche Instruktionen Sie von mir hatten?»
«Ich sollte mich im Kleiderschrank Ihres Zimmers versteckt halten, Sir, nachdem ich die Pappschachtel an die bewußte Stelle gelegt hatte. Heute nachmittag um halb vier betrat Mr. Trefusis das Zimmer, ging an die Schublade und nahm die betreffende Schachtel heraus.»
«Und in der Schachtel», fuhr Poirot fort, «war eine gewöhnliche englische Stecknadel. Ich spreche immer die Wahrheit. Ich habe heute morgen tatsächlich etwas von der Treppe aufgehoben. Es gibt doch ein Sprichwort, nicht wahr? ‹Nach einer Nadel schnell dich bück', dann hast den ganzen Tag du Glück!› Und ich? Ich habe wirklich Glück gehabt; ich habe den Mörder gefunden!»

Er wandte sich an den Sekretär.
«Sehen Sie», sagte er sanft. *«Sie haben sich selbst verraten.»*
Trefusis brach plötzlich zusammen. Er sank schluchzend in einen Sessel und vergrub das Gesicht in den Händen.
«Ich war von Sinnen», stöhnte er. «Ich war verrückt. Aber mein Gott, er hat mich bis zur Weißglut getrieben! Neun Jahre lang habe ich ihn gehaßt und verabscheut.»
«Ich hab's ja gewußt!» rief Lady Astwell.
Sie sprang auf, und ihre Augen funkelten in wildem Triumph.
«Ich wußte, daß der Mann es getan hatte!»
«Und Sie hatten recht», sagte Poirot. «Man mag es nennen, wie man will. Die Tatsache bleibt: Ihre ‹Intuition› hat Sie nicht betrogen. Ich gratuliere.»